예세닌 서정시선

자작나무

자작나무

세르게이 예세닌 지음 | 박형규 옮김

Sergei Aleksandrovich Esenin

써네스트

차례

부록

벌써 밤이 되었다

벌써 밤이 되었다. 이슬이
쐐기풀 위에서 반짝이고 있다.
나는 길가에 서서,
버드나무에 기대고 있다.

달에서는 큰 빛이
우리 지붕 위로 곧장 쏟아지고 있다.
어딘가에서 부르는 꾀꼬리의 노랫소리
멀리서 들려오고 있다.

아늑하고 따뜻하다,
겨울의 페치카 주변처럼.
자작나무도 늘어서 있다,
커다란 양초처럼.

강 건너 저 멀리,
수풀가 너머인 듯한 곳에서,
졸리는 듯한 야경꾼이
딱따기를 무심하게 치고 있다.   (1910)

호수면은 진홍빛

호수면은 진홍빛 노을로 물들었다.
침엽수림에선 뇌조가 낭랑히 울어댄다.

빈 나무구멍 속에 몸을 숨긴 채 어디에선가 꾀꼬리가 울어
댄다.
나만이 슬픔에 잠기지 않고 즐거운 기분.

저녁 무렵에 그대는 환상環狀의 길 너머로 나올 테고,
우리는 이웃 볏가리 아래 신선한 건초더미에 자리를 잡으
리라.

술 취한 듯이 나는 키스를 퍼붓고, 마치 꽃인 양 짓밟으
리라.
기쁨에 도취된 사내는 깊이 생각하지 않는다.

애무에 휩싸인 그대는 스스로 비단 면사포를 벗어 던지고,
나는 술 취한 여인을 아침이 오기 전에 관목 숲으로 데려가
리라.

뇌조들이 낭랑히 울게 하여라,
진홍빛 노을 속엔 봄의 애수가 깃들어 있다.   (1910)

자작나무

내 창문 밑
하얀 자작나무
마치 은銀으로 덮이듯
눈으로 덮여 있다.

부풋한 어린 가지 위에는
눈의 가장자리 꾸밈
꽃이삭이 피었구나
흰 술처럼.

자작나무는 서 있다
조으는 고요함 속에,
금빛 불꽃 속에서
눈이 반짝이고 있다.

노을은 게으르게
둘레를 돌아다니면서,
새로운 은銀을
어린 나뭇가지에 뿌렸다.   (1913)

어머니의 기도

시골 외진 곳에 낡은 오두막집 하나,
거기 성상聖像앞에서 한 노파가 기도한다.

노파는 아들을 위해 기도한다,
먼 변방에서 조국을 구하는 아들을.

노파는 기도하고, 눈물을 닦는다,
노파의 두 눈 속에선 환상이 피어 오른다.

그녀는 들판을, 전투를 앞둔 들판을 본다,
거기에 그녀의 아들이 영웅처럼 죽어 누워 있다.

넓은 가슴팍 위에 핏방울이, 화염이 튀기고,
얼어붙은 두 손에는 적기敵旗가 있다.

행복과 슬픔이 뒤범벅되어 그녀는 전신이 굳어 버렸고,
백발의 머리를 두 손에 받쳤다.
성긴 백발이 눈썹을 뒤덮고,
두 눈에선 유리알인 양 방울방울 눈물이 흘러내린다. (1914)

너 나의 버려진 고향 땅이여

너 나의 버려진 고향 땅이여,
너 나의 고향 땅 황무지,
베어 눕혀지지 않은 풀밭,
숲과 그리고 수도원이여.

초가집이 비스듬히 기울었다,
다섯 채 모두가.
초가집의 지붕은
노을의 통나뭇길로 거품이 일기 시작하였다.

볏짚의 옷 밑에서
대들보에 대패질을 했어도,
바람은 회청색의 곰팡이를
태양처럼 흩뿌렸다.

까마귀들은 날개로
실수 없이 창문을 때리고,
산딸기는 눈보라처럼
옷소매를 흔든다.

이제는 버드나무 숲 속의 설화가 아닌가,
저녁 무렵 나그네에게
포아풀이 속삭였던,
너의 삶과 지난 날의 일은?
(1914)

개의 노래

한 줄로 죽 깔린 멍석이 금빛으로 반짝이고 있는,
호밀 광에서 아침에
암캐가 일곱 마리 강아지를 낳았다,
붉은 달빛의 강아지 일곱 마리를.

저녁 때까지 암캐는 강아지들을 쓰다듬고 있었다.
혀로 털을 핥아 고르면서,
따뜻한 배 밑에서
녹은 눈이 흐르고 있었다.

저녁에 닭들이
난로 앞의 홰 위에 웅크리고 올라 앉을 즈음에,
음침한 얼굴의 주인이 나타났다,
일곱 마리를 모두 자루에 담았다.

그 뒤를 따라 붙이면서,
암캐는 눈더미를 따라 뛰어갔다……
얼지 않은 물의 잔잔한 표면이
오래오래 떨고 있었다.

옆구리의 땀을 핥으면서,
암캐가 터벅터벅 가까스로 되돌아왔을 때,
초가집 위에 걸린 달이
제 새끼의 한 마리로 보였다.

푸른 허공을 바라보면서
암캐는 목을 놓아 울었다,
가느다란 달은 미끄러져 내려
들판의 언덕 너머로 숨어 버렸다.

먹을 것을 던져주기라도 하듯이,
사람들이 장난으로 돌을 던졌을 때,
금빛의 별처럼 개의 두 눈이
눈 속에 쓸쓸하게 굴러 떨어졌다.
(1915)

어린 나무 숲의 검은 머리단

어린 나무 숲의 검은 머리단 너머,
미동도 하지 않는 푸르름 속의,
하늘 빛 풀 가운데서 거닐고 있다,
곱슬곱슬한 털의 어린 양인 달이.

사초莎草가 빽빽이 자란 잔잔한 호수에서
그 뿔이 서로 들이받고 있다 −
그리하여 먼 오솔길에서는−
물이 기슭을 흔들어대고 있는 것처럼 보인다.

초원은 녹색의 휘장 아래
산딸기나무의 연기를 피우고
골짜기 건너편 언덕배기에서는
그 위에 불길을 엮고 있다.

오 띠의 밀림의 나라여,
너는 평탄하여 정겹다,
그러나 너의 그 깊은 속에는
염밭의 우수憂愁가 숨겨져 있다.

너도 나처럼 성례聖禮를 올리면서,
누가 너에게 벗인지 적인지도 잊고,
장미빛의 하늘과
담청색의 구름을 그리워하고 있다.

하지만 너에게도 푸른 광무천리로부터
어둠이 소심하게 보여주고 있다
너의 시베리아의 족쇄와,
우랄의 산등성이의 혹을.
(1915~1916)

나는 고향 땅에서 사는 것에 지쳤다

나는 고향 땅에서 사는 것에 지쳤다
멀리 펼쳐진 메밀밭을 그리워하며,
나의 오막살이집을 버리리라,
떠돌뱅이나 도둑처럼 떠나리라.

대낮의 하얀 고수머리를 따라서 가리라
들어 살 초라한 집을 찾기 위하여.
사랑하는 벗도 나를 찌를 양으로
장화의 몸통 가죽에다 칼을 갈리라.

봄과 태양으로 풀밭 위에
노란 길이 감겨져 있다,
내가 그 이름을 소중히 간직하고 있는 여자도,
나를 문 밖으로 쫓아내리라.

다시 나는 아버지의 집으로 돌아와,
남 모를 기쁨에 잠기리라,
푸른 저녁 창문 밑에서
내 옷소매에 몸을 떼어 죽으리라.

울타리 가의 머리가 센 버들은
한결 더 부드럽게 고개를 숙이리라.
정갈하지 않은 내 몸뚱이는
개가 짖어대는 속에서 묻히리라.

달은 둥실둥실 떠서 가리라,
호수에 노를 떨어뜨리고,
러시아도 여전히 살아갈 것이고,
울타리 가에서 춤을 추며 울리라.
(1916)

나는 여기 고향의 가족 품에

나는 여기, 고향의 가족 품에 다시 왔다,
다정하고 시름에 잠긴 나의 고향 땅이여!
산 너머 불그레한 황혼이
새하얀 손을 흔들고 있다.

구름 낀 날의 헝클어진
백발이 곁을 떠돌고,
저녁의 울적함이 나의 가슴을
견딜 수 없게 들먹거린다.

교회 지붕의 돔 위에
노을 그림자가 더 낮게 드리워졌다.
오, 여흥과 유희의 벗들이여,
이제 나는 당신들을 더 이상 보지 못하게 되는구나!

세월은 망각 속에 잠기었고,
연이어 당신들도 어디론가 떠나 버렸다.
그리고 예전처럼 물만이
날개 달린 방앗간 너머에서 떠들어 대고 있다.

그리고 자주 나는 저녁 안개 속에서,

꺾인 사초 소리에 맞추어,

다시는 되돌아오지 못한 사람들과 멀리 떨어져 있는 사람
들을 위해

안개가 피어오르고 있는 대지에 기도를 한다.

(1916)

지는 해의 붉은 날개

지는 해의 붉은 날개는 사라져 가고 있고,
울타리는 저녁 안개 속에서 조용히 졸고 있다.
서러워하지 마라, 나의 하얀 집이여,
또다시 너와 내가 혼자가 된 것을.

초승달은 초가 지붕에서
시퍼런 날을 씻고 있다.
나는 그녀의 뒤를 따라가지 않았고
호젓한 건초더미 뒤로 배웅하러 나가지도 않았다.

세월은 불안을 가라앉혀 주는 것.
세월처럼 이 아픔은 자나가리라.
입술도, 티없이 깨끗한 영혼도
다른 사내를 위해서 그녀는 지키고 있는 것이다.

기쁨을 찾는 자는 힘이 없으며,
의젓한 자만이 힘으로 산다.
또 어떤 자는 구겨서 내던지리라,
젖어서 썩은 멍에처럼.

시름속에서 내가 운명을 기다리고 있는 것은 아니다,
첫눈이 심술궂게 휘날리리라.
그리고 그녀도 우리 고을에 오리라
제 어린 것의 몸을 녹이게 할 양으로.

털외투를 벗고 쇼올을 풀고,
나와 함께 불 가에 자리를 잡으리라.
그리고 차분하고 상냥하게 말하리라,
어린애는 나를 닮았노라고.

(1916)

오 러시아여

오 러시아여, 두 날개를 파닥여라,
딴 지주목을 받쳐라!
딴 이름과 더불어
딴 초원이 일어난 것이다.

담청색 골짜기를,
암소와 송아지 떼에 섞여,
금빛 가사를 걸친
너의 알렉세이 콜리쏘프*가 가고 있다.

두 손에는 빵 한 조각,
두 입술은 버찌의 열매즙.
목동의 뿔피리를
하늘이 번득이게 하였다.

---

* 알렉세이 콜리쏘프: (1809~1842) 러시아의 농민시인. 예세닌은 초년때부터 콜
리쏘프의 작품과 친숙했으며, 러시아의 제일급 농민시인을 바로 이들 작품 속
에서 보았음. 창작 초기에 예세닌은 콜리쏘프의 시작詩作의 영향을 몸으로써 경
험했음. 이 시를 예세닌은 1918년 11월 3일 콜리쏘프의 동상 제막식 자리에서
읽음.

그 뒤를 눈과 바람을 떠나,
수도원의 대문으로부터,
빛의 옷을 입은,
그의 가운데 형이 걸어 나오고 있다.

서쪽의 브이체그라에서 동쪽의 쉬우야에 이르기까지
그는 러시아의 곳곳을 떠돌아다녔다
이름은 클류예프*
온순한 미콜라이.

수사修士처럼 상냥하고 똑똑했다,
그는 한창 명성을 누리고 있었다,
부활절이 조용히 떨어지고 있다
곱슬거리지 않는 머리털의 머리에서.

그 송진 냄새가 나는 언덕 너머를,
오솔길을 숨기면서 걸어갔다,

---

* 클류예프; (1887~1937) 농민 출신의 러시아 시인. 예세닌은 1915년 페테르부르그
  에서 그와 알음알이가 되었으며 그 뒤 그의 어떤 영향을 경험하고 있음.

곱슬머리의 쾌활한,
무법자인 나는.

길은 멀고 험난하다,
산은 이를 데 없이 가파르다 –
그러나 심지어는 신의 비밀과도
나는 몰래 논쟁을 하고 있다.

달을 돌로 쳐서 쓰러뜨리고
벙어리가 된 전율을 향하여
공중에 몸을 띄우고,
정화 목에서 칼을 빼어 던진다.

내 뒤를 눈에 띄지 않는 떼를 지어
다른 사람들의 고리가 따라오고 있다,
그리고 멀리 이 마을 저 마을에
그들의 날렵한 노랫소리가 울리고 있다.

우리들은 풀로 책을 엮으며,

두 옷자락에서 노랫말을 털어내고 있다.
우리 일가붙이인 챠프이긴*은,
눈과 골짜기 같은 가인歌人이다.

숨어라, 없어져라,
악취를 풍기는 꿈과 사고의 족속이여!
돌산꼭대기로
우리들은 별의 소음騷音을 나르고 있다.

썩어가고 투덜거리고 하는 짓은 그만두어라,
추악한 것을 목청 돋우어 찬미하는 짓도 그만두어라 –
기운을 차린 러시아는
이제 타르를 씻고 닦고 한 것이다.

그 말 없는 덤불은
이미 두 날개를 털었다!
다른 사람들과 더불어

* 챠프이긴; (1870~1937) 러시아의 작가, 작품으로는 역사소설 『라진 스체판』, 『떠돌아 다니는 사람들』 등이 있음.

다른 초원草原이 일어설 것이다.

(1917)

내일은 저를 일찍 깨워 주세요

내일은 저를 일찍 깨워 주세요,
오 나의 참을성 있으신 어머님!
저는 길가의 분묘墳墓 너머에 가렵니다
귀한 손님을 맞이하러.

나는 오늘 칙칙한 숲 속에서 보았습니다
풀밭에 난 널따란 수레바퀴 자국을.
바람이 구름의 천막 밑에서 잡아뜯고 있습니다
그 황금빛의 굴레를.

내일 샐녘에 그 사람은 말을 몰고 달려올 겁니다,
덤불 밑에서 달의 모자를 쓴 머리를 수그리고,
그리고 암말은 장난스럽게 내저을 겁니다
평원 위에서 붉은 털의 꼬리를.

내일은 저를 일찍 깨워 주세요,
우리 객실에 불을 밝혀 주세요.
사람들이 말하기로는 제가 곧
이름있는 러시아의 시인이 될 거라나요.

저는 기리는 노래를 부를 겁니다, 어머님과 손님을,

우리 페치카와 수탉과 집을 ……

내 노래 위에 엎질러질 겁니다

당신의 붉은 암소들의 젖이.

(1917)

밭은 추수가 끝나고

밭은 추수가 끝나고 수풀은 벌거벗었다,
물에서는 안개와 습기가 피어오르고 있다.
수레바퀴처럼 파란 산 너머로
조용한 해는 굴러 떨어졌다.

파헤쳐진 길은 졸고 있다.
길은 오늘 알아챘다.
백발의 겨울을 기다릴 날도
정말로 얼마 남지 않았다는 것을.

아, 나도 어제 보았다
소리가 잘 울리는 수풀의 안개 속에서 –
붉은 털빛의 달이 망아지처럼
우리 썰매에 채워진 것을.
(1917~1918)

나는 첫눈을 밟고 거닌다

나는 첫눈을 밟고 거닌다,
마음 속에는 확 불타오른 힘의 은방울꽃.
바람이 나의 길 위에서 푸른 촛불처럼
별에 불을 켰다.

나는 모른다, 그것이 빛인지 어둠인지?
수풀 속에서 노래를 부르고 있는 것이 바람인지 수탉인지?
어쩌면 그것은 들판에 겨울이 오지 않고
백조들이 풀밭에 내려앉은 것이리라.

오 하얀 수면이여, 너 참 아름답구나!
가벼운 추위가 내 피를 덥게 하고 있다!
못 견디게 내 몸뚱이에 꼭 그러안고 싶어지누나
자작나무의 드러난 가슴을.

오, 숲의 조는 듯한 뿌연함이여!
오, 눈에 덮인 밭의 쾌활함이여!
못 견디게 두 손을 모으고 싶어지누나
버들의 나무 허벅다리 위에서.   (1917~1918)

여기에 그것이 있도다

여기에 그것이 있도다, 어리석은 행복이
뜨락 쪽으로 난 하얀 창문과 함께!
연못 위를 붉은 백조처럼
조용한 저녁놀이 헤엄치고 있다.

안녕, 금빛의 잔잔함이여,
물에 비친 자작나무의 그림자와 함께!
갈가마귀떼는 지붕 위에서
별에 저녁 기도를 올리고 있다.

뜨락 뒤 어딘가의,
산딸기나무가 피어 있는 곳에서,
흰 옷을 입은 예쁜 처녀가
예쁜 노래를 웅얼거리고 있다.

푸른 가사처럼 펼쳐지고 있다
들판의 밤의 냉기가 ……
어리석고 사랑스러운 행복이여,
발랄한 두 볼의 연분홍빛이여!   (1918)

황금빛 나뭇잎

황금빛 나뭇잎이란 잎이 떼지어 빙빙 돌았다
연분홍빛 연못의 물 속에서,
가뿐한 나비떼가
실신하면서 별을 향하여 날아가듯이.

오늘 나는 이 저녁에 넋을 빼앗기고 있다,
노랗게 물드는 골짜기가 한결 정겹다.
바람의 동자童子는 바로 어깨께까지
자작나무 옷자락을 걷어 올렸다.

넋 속에도 골짜기 안에도 시원함,
양떼 같은 푸른 땅거미가 깔려 있다,
고자누룩한 뜨락의 샛문 뒤에서
말방울이 울렸다 그치리라.

나는 아직도 이처럼 검소하게
사리에 맞는 육체의 말을 들은 적이 없다,
버드나무 가지처럼,
장미빛 물 속에 나동그라지면 좋겠구나.

건초더미를 보고 빙그레 웃으면서,

달이 코쭝배기를 우물거리면서 건초를 씹으면 좋겠구나……

너는 어디에 있느냐, 어디에, 나의 조용한 기쁨이여,

모든 것을 사랑하면서 아무 것도 바라지 않는 너는?

(1918)

나는 마지막 농촌 시인

마리옌고프에게[*]

나는 마지막 농촌 시인,
노래 속의 널다리는 얌전하다.
잎으로 향불을 피우고 있는 자작나무의
아침 고별 미사가 울려지고 있는 동안 나는 서 있다.

금빛의 불꽃으로 다 타가고 있다
천연 납蠟의 촛불이,
달의 나무 시계가
나의 열두 시를 치리라.

하늘빛 들판의 오솔길로
곧 무쇠의 손님이 나오리라.
놀에 젖은 귀리,
검은 손바닥이 거두어들이리라.

---

[*] 마리옌고프: (1897~1962) 러시아의 이미지즘 시인이자 극작가. 예세닌이 이미지
즘에 빠져 있었을 때 가까이 지냈음.

생명이 없는 타인의 손바닥이여,
너희들이 있는 데서는 이 노래는 살아갈 수 없다!
이삭의 말들만
옛 주인을 생각하고 슬퍼하리라.

바람은 그들의 울음소리를 빨아들이리라,
바라춤을 추면서.
곧, 곧 나무 시계가
나의 열두 시를 치리라!
(1920)

한 무뢰한의 고백

아무나 노래를 부를 줄 아는 것은 아니고,
아무나 능금이 남의 다리 밑에
무릎을 꿇게 하는 것은 아니다.

이러한 것은 가장 큰 고백이다,
한 무뢰한이 고백하고 있는.

나는 일부러 빗지 않은
석유램프 같은 머리를 어깨 위에 얹고 걷고 있다.
너희들의 마음의 잎이 없는 가을을
어둠 속에서 비추게 하는 것이 나에게는 마음에 든다.
나는 마뜩하다, 마치 트림을 하고 있는 뇌우의 우박처럼.
나에게 욕지거리의 돌멩이질을 할 때,
나는 그때 바로 두 손으로
내 머리털의 흔들린 거품을 한결 더 꼭 움켜쥔다.

그때 나는 온통 풀로 덮인 못과 오리나무의 갈린 소리,
내 가까이의 어딘가에서 살고 계시는 아버지와 어머니,
나의 모든 시를 비웃으시고,

내가 밭처럼, 몸처럼, 봄에 푸른 땅을 부드럽게 하는 비처럼 내가 소중하신

아버지와 어머니를 회상하는 것이 나에게는 그렇게도 좋다.

그분들은 나에게 고래고래 질러댄

너희들의 고함소리 모두를 듣다 못하여

너희들을 쇠스랑으로 찔러 죽이려고 오셨을 것이리라.

가난한, 가난한 농사꾼들이시여!

당신들은 틀림없이 곱지 않은 사람들이 되었을 것이며

예전과 마찬가지로 신과 연못 속을 두려워하고 있습니다.

오, 만일 당신네 아들이

러시아에서 가장 뛰어난 시인이라는 것을 알고 계신다면 얼마나 좋으랴만!

그가 가을의 풀밭에서 맨발을 적셨을 때

당신들은 그의 가장 중대한 것에 대하여 헤아리시느라고 머리가 세셨던 것은 아니었던가요?

하지만 그는 지금 실크해트에

에나멜구두를 신고 돌아다니고 있습니다.

그러나 그의 내부에서는 시골 개구쟁이의
옛날의 정복整復의 혈기가 살아있습니다.
푸줏간 간판에서 만나는 모든 암소에게
그는 먼발치에서 절을 하고 있다.
그리고 광장에서 마부들과 마주치며
고향 밭의 두엄 냄새를 생각해내면서
그는 결혼의상의 치맛자락을 잡듯
말의 꼬리를 잡아당길 채비를 하고 있었다.

나는 고향을 사랑하고 있다.
나는 고향을 무척 사랑하고 있다!
비록 거기에 외로운 버드나무의 슬픔이 있다고 할지라도.
돼지들의 더러워진 코쭝배기며
밤의 정적 속의 두꺼비들의 크게 울리는 목소리가 나에게
는 즐겁다.
나는 유년시절의 회상으로 부드럽게 앓고 있다,
사월의 저녁의 비구름과 습기가 꿈에 나타나고 있다.
마치 웅크리고 앉아 불을 쬐려고 하듯이
저녁놀의 모닥불 앞에 우리 단풍나무가 가만히 웅크리고

앉았었다.

　오, 나는 그것의 까마귀 둥지에서 얼마나 많은 알을

　가지를 타고 기어 올라가 훔치곤 하였던 것인가!

　여전히 그것이 똑같이 지금도 푸른 우듬지를 있고 있는 것

인가?

　여전히 그 나무껍질은 단단한 것인가?

　그런데 너 사랑스러운 단풍나무야,

　점박이 수캐는 충실하겠지?!

　너는 늙어 날카로운 소리를 내고 눈이 멀었었다,

　그리고 축 쳐진 꼬리를 질질 끌면서

　문이 어딘지, 축사가 어딘지 후각을 잃고

　마당을 어슬렁어슬렁 돌아다니고 있었다.

　오, 그 모든 장난이 나에게는 얼마나 소중한 것인가,

　어머니한테서 빵 조각을 덮쳐

　서로 조금도 묻어두지 않고

　너와 내가 그것을 단번에 갉아먹었을 때와 같은.

　나는 언제나 똑같다.

나의 마음도 언제나 똑같다.
호밀 속의 들국화처럼 얼굴에서 눈은 꽃피고 있다.
시의 금박의 멍석을 깔면서
나는 당신들에게 애정이 담긴 것을 말하고 싶다.

안녕히 주무세요!
여러분 모두 편히 주무세요!
저녁 노을의 어스름의 풀에서 낮은 소리를 멈췄다……
나는 오늘 창문에서 달을 향해
오줌을 갈기고 싶은 마음이 굴뚝이다.

푸른 빛, 뭐라고 말하지 못할 푸른 빛!
이러한 빛 속에서라면 심지어는 죽는 것까지도 아쉽지 않다.
뭐 어떠랴, 내가
엉덩이에 등燈을 단 냉소가冷笑家 같을 것이라고 해서!
늙고 착한 길들여진 천마 페가수스여,
나에게 너의 부드러운 속보速步가 필요한 것일까?
나는 엄격한 장색처럼
생쥐를 노래하고 염칭하려고 왔노라.

나의 머리가 마치 팔월처럼

어지럽게 엉클어진 머리털의 숲이 되어 흘러나오고 있다.

나는 노란 돛이 되어

우리들이 헤엄쳐가고 있는 그 나라로 가고 싶다.

(1920. 11)

목숨이 있는 모든 것은 어릴 적부터

목숨이 있는 모든 것은 어릴 적부터
유다른 표지로 특징이 주어져 있다.
만일 내가 시인이 되지 않았을라치면
아마 사기꾼이나 도둑이 되었을 것이다.

비쩍 마른 작달막한
그런 주제꼴에 언제나 골목대장,
자주 자주 코가 터져
나는 집으로 돌아오곤 하였다.

깜짝 놀라 쫓아 나온 어머니에게
나는 피가 터진 입으로 어물거렸다 –
"아무것도 아니야! 돌에 걸려 넘어졌어,
내일이면 다 나을 거야."

이러한 날들의 펄펄 끓는 뜨거운 물 같은 엉킴
그것은 이제 식어 버리고
불안하고 발칙한 힘은
내 시 위에 엎질러졌다.

황금의 말의 산더미,
그 한 행 한 행의 시행 위에서 끊임없이
싸움쟁이와 폭한의
옛날의 대담함이 비치고 있다.

그때처럼 나는 용감하고 거드름스럽다,
내 발걸음은 새로운 것을 뿜어내고 있을 뿐……
이전에는 귀싸대기를 얻어맞았다면
지금은 가슴이 온통 피투성이이다.

이제 나는 어머니에게가 아니라
생판 남인 웃음이 헤픈 인간쓰레기에게 말하고 있다 –
"아무것도 아니다! 돌에 걸려 넘어졌다,
내일이면 다 나을 것이다!"
(1921)

거친 자들에게는 기쁨이 주어지고

거친 자들에게는 기쁨이 주어지고
숙부드러운 자들에게는 슬픔이 주어져 있다.
나는 아무것도 필요하지 않다,
나는 아무도 불쌍하지 않다.

불쌍하다면 나 자신이 조금 불쌍하고
집 없는 개가 딱하다.
이 곧은 길은 나를
목로집으로 데리고 왔다.

망할 놈들아, 무엇이 어때서 너희들은 욕지거리를 하는 거
냐?
혹은 내가 이 고장사람이 아니기라도 하다는 거냐?
우리들은 너 나 할 것 없이 몇 푼의 술값을 마련하려고 제
바지들을 저당 잡히곤 하였다.

흐리멍텅하게 창문을 바라본다.
가슴 속에는 흐놀음과 더위.
해 속에서 젖어 달려가고 있다,

내 앞에서 한길이.

한길에 한 코흘리개인 꼬마둥이.
공기는 타고 말랐다.
꼬마둥이는 무척 행복하다.
코를 후비고 있다.

후비어라, 후비어라, 귀여운 녀석아,
손가락을 부들기까지 거기에다 밀어 넣어라,
다만 그런 힘으로 말이다,
네 개인적인 일에 간섭하지는 말아라.

나는 이미 준비가 되어있다. 나는 소심하다.
보라, 병瓶의 군대를!
나는 병마개를 모으고 있다—
내 마음을 막을 양으로.

(1922)

나는 아쉬워하지 않는다

나는 아쉬워하지 않는다, 부르지도 않고 울지도 않는다,
하얀 사과나무밭에서 연기가 지나가듯이 모든 것은 지나가
리라.
쇠락衰落의 황금에 싸인,
나에게는 이제 더 젊은 날은 없으리라.

찬 바람을 맞은 심장이여,
너는 이제 그렇게 뛰지는 않으리라.
자작나무의 사라사의 나라도
맨발로 어슬렁거리도록 꾀어내지는 않으리라.

떠도는 넋이여, 너는 차츰 드물게
혀의 불길을 타오르게 하리라.
오, 나의 잃어버린 신선함이여,
눈의 광란이여, 감정의 범람이여.

나는 이제 한결 덜 바라게 되었다,
나의 인생이여? 혹은 너는 일장춘몽이었을 뿐인가?
봄이 강하게 반향하고 샐녘에 내가

장미빛의 말을 타고 달렸던 것처럼.

우리 모두, 이 세상에 사는 우리 모두가 덧없는 존재인 것을,
단풍나무 이파리에서 구리쇠가 소리 없이 흐르고 있다……
영원히 축복을 받을지어다,
꽃을 피우고는 죽으려고 찾아온 너에게.
(1922)

그렇다, 이제는

그렇다! 이제는 결정된 것이다. 다시는 돌아오는 일이 없게
나는 고향의 들판을 버리고 말았다.
이제는 날개 같은 잎으로
내 머리 위에서 미루나무가 소리를 내지는 않으리라.

내가 없는 동안 나지막한 집은 구부정하게 허리를 구부릴
것이고,
내 늙은 개는 오래 전에 죽어 버렸다.
구불구불한 모스크바의 길거리에서
죽는 것이 아무래도 내 운명인 성싶다.

나는 이 수렁 같은 도시를 사랑하고 있다,
설사 살갖이 늘어지고 설사 쭈글쭈글 늙어빠졌다손 치더
라도.
조는 듯한 황금빛의 아시아가
성당의 둥근 지붕 위에서 잠들어 버렸다.

밤에 달이 비치고 있을 때,
달이 비치고 있을 때…… 제기랄, 뭐라고 말해야 하나!

나는 고개를 떨구고 간다.
골목길을 따라 단골 목로 술집으로.

소름을 끼치게 하는 이 굴 속에는 왁자지껄하게 떠들어대
는 소리,
　그러나 밤을 새워가며 샐녘까지,
　나는 창녀들에게 시를 읽어주며
　불한당들과 보드카를 들이켠다.

　심장은 차츰 세차게 고동친다,
　나는 이제 알지 못할 말을 한다 ―
　"나는 당신네와 똑같은 구제받지 못할 자이다,
　나는 도로 물러갈 수 없는 것이다."

　내가 없는 동안 나지막한 집은 구부정하게 허리를 구부릴
것이고,
　내 늙은 개는 오래 전에 죽어 버렸다.
　구불구불한 모스크바의 길거리에서
　죽는 것이 아무래도 내 운명인 성싶다.　(1922~1923)

여기에서 또다시 술을 마시고

여기에서 또다시 술을 마시고 서로 치고 패고 하며
손풍금에 맞추어 노란 슬픔을 통곡하고 있다.
제 불운을 저주하고 있다,
모스크바 러시아 시대를 회상하고 있다.

나도 또한 고개를 떨어뜨린 채,
두 눈에 술을 부어대고 있다,
운명의 얼굴을 보지 않을 양으로,
한순간이나마 딴 것을 생각할 양으로.

무엇인가를 모든 사람들은 영원히 잃어버렸다.
나의 푸른 오월이여! 하늘빛의 유월이여!
그래서 죽은 짐승처럼 숯내를 뿜고 있는 것이 아닌가
구제받지 못할 이 떠들썩한 술판 위에.

아, 오늘은 러시아인들에게는 참으로 유쾌하다,
집에서 내린 보드카가 강물처럼 흐르고 있다.
코가 떨어진 손풍금장이는
그들에게 볼가의 노래와 체카*의 노래를 불러 주고 있다.

광기가 서린 눈빛 속에는 무엇인가 심술궂은 것이 번득이
고 있고,
우렁찬 목소리의 말 속에는 반역의 울림이 울리고 있다.
한때의 격정으로 한평생을 망쳐 버린,
분별없는 젊은이들이 그들에게는 가여웠다.

멀리 떠나 버린 사람들 – 자네들은 어디에 있나?
우리들의 빛이 그대들에게 밝게 비치고 있는가?
손풍금장이는 키르기즈**의 초원에서 얻어온
매독을 알코올로 치료하고 있다.

아니다! 이러한 자들을 짓누를 수도 쫓아 버릴 수도 없다.
저들에게는 곰팡이에 의하여 무분별함이 주어졌다.
너, 나의 러시아여······ 러시······ 아여······
아시아의 나라여!   (1923)

---

*   체카: 1918~1922년까지 존속했던 「반혁명, 태업 및 투기 단속 비상위원회」의 약칭.
**   키르기즈: 중앙아시아의 북동부에 위치한 소련의 공화국 가운데 하나의 이름.

울어라 손풍금아

울어라, 손풍금아. 지루하구나…… 지루하다……
손풍금장이는 손가락을 물결처럼 움직인다.
나와 함께 술을 마셔라, 지저분한 암캐야,
나와 함께 술을 마셔라.

너는 노리개가 되고 말았구나, 더러워지고 말았구나 –
못 참겠다.
어쩌자고 너는 그처럼 파란 눈으로 쳐다보고 있느냐?
그래 귀싸대기라도 얻어맞고 싶으냐?

너를 남새밭에 허수아비로 세워두면 좋겠구나,
까마귀들을 쫓게.
진저리 날 만큼 나를 성가시게 하였다
요모조모로.

울어라, 손풍금아. 켜라, 내 노래를.
술을 마셔라, 수달 같은 계집아, 술을 마셔라.
나는 저것이 더 낫다, 저 젖퉁이가 큰 계집이 –
저 계집이 더 어리석은 성싶다.

내가 여자를 품는 것은 네가 처음이 아니다 ······
너 같은 것은 지천으로 널려 있다,
그러나 너처럼 그렇게 너절한 계집과는
이번이 처음이다.

아픔이 크면 클수록 소리가 더 크게 울린다,
여기에서도 그렇고 저기에서도 그렇다.
나는 자살 따위는 하지 않는다,
저리 냉큼 꺼져.

너의 개줄에
걸릴 때가 온 것이다.
여봐라, 나는 울고 있다,
용서해다오······ 용서해다오······
(1923)

노래를 불러라

노래를 불러라, 노래를 불러라. 저주스러운 기타 위에서
네 손가락은 반달꼴로 춤을 추고 있다.
이 머리가 어지러운 숯내 속에서 흐느껴보았으면 싶구나,
나의 최후의 오직 하나밖에 없는 벗이여.

저 계집의 손목을 바라보지 말라
저 계집의 두 어깨에서 흘러내리는 비단을 바라보지 말라.
나는 저 여자에게서 행복을 찾고 있었지만,
생각지 않게 파멸을 찾아내고 만 것이다.

나는 사랑이 돌림병인 줄은 몰랐다,
나는 사랑이 페스트인 줄은 몰랐다.
가까이 다가오더니 가느다랗게 짜그린 눈으로
이 건달을 정신 나가게 했다.

노래를 불러라, 나의 벗이여. 다시 한번 나에게 휘몰아치게
해다오.
우리의 옛날의 성난 새벽을.
젊은 미모의 쓰레기 같은

저 계집으로 하여금 딴 사내에게 입을 맞추게 하라.

아, 잠깐만. 나는 저 계집을 욕하고 있는 것이 아니야.
아, 잠깐만. 나는 저 계집을 저주하고 있는 것이 아니야.
자, 너에게 내 이야기를 연주하리라
저음低音의 이 현絃에 맞추어.

나의 지난 시절의 장미빛의 둥근 지붕이 반짝이고 있다.
가슴 속에는 황금빛 꿈의 자루가 있다.
나는 많은 처자들을 건드려보았다,
많은 여자들을 한쪽 구석에서 끌어안아 보기도 했다.

그렇다! 대지의 쓰라린 진리는 있는 것이다,
나는 어린아이스런 눈으로 훔쳐본 것이다 –
수캐들이 줄을 지어 핥고 있는 것이다,
체액體液이 질질 흘러나오고 있는 암캐를.

그렇다면 내가 그런 계집을 질투할 것이 무엇이 있는가.
그렇다면 내가 마음 아파할 것이 무엇이 있는가.

우리 인생은 시트와 침대인 것이다.

우리 인생은 키스이다, 소용돌이 속으로 빠지는 것이다.

노래를 불러라, 노래를 불러! 이 두 팔을

숙명적으로 크게 한 번 내두르는 짓에

숙명적인 불행이 있는 것이다.

하지만 뭐 그런 것은 될 대로 되라지……

나는 죽지 않으리라, 나의 벗이여, 절대로.

(1923)

어머니에게 부치는 편지

아직도 살아계십니까, 늙으신 어머님?
저도 살아 있어요. 문안을 드립니다, 문안을!
당신의 오두막집 위에
그 말 못할 저녁 빛이 흐르옵기를.

저는 편지를 받고 있습니다, 당신께서는 불안을 숨기시고
저를 두고 몹시 애태우셨다고,
자주 한길로 나가곤 하신다고,
옛스런 헌 웃옷을 걸치시고.

당신께서는 저녁의 푸른 어스름 속에서
자주 똑같은 광경을 보고 계십니다 ―
마치 누군가가 술집의 싸움 속에서
제 심장 밑에 핀란드 나이프를 내리꽂은 것 같은.

아무렇지도 않습니다, 어머님! 걱정하지 마세요.
그것은 다만 괴로운 환상일 뿐입니다.
저는 그렇게 지독한 대주가大酒家는 아닙니다,
당신을 뵙지 않고 죽어버릴 만큼의.

예나 다름없이 정겨운 저는
다만 몽상하고 있을 뿐입니다 –
끝없는 고통에서 하루 빨리 벗어나
우리의 나지막한 집으로 돌아갈 날을.

저는 돌아가겠습니다, 어린 가지들이 뻗을 때
봄답게 우리 흰 뜰이.
저를 이제 새벽에
8년 전처럼 깨우지만 마세요.

사라진 몽상夢想을 일깨우지는 마십시오,
이루어지지 못한 것을 물결 일게 하지 마십시오 –
너무나 이른 상실喪失과 피로를
저는 인생에서 겪어야 했습니다.

그리고 저에게 기도하는 것을 가르치지 마십시오. 필요하
지 않습니다!
이제 옛날로 되돌아갈 것이 없습니다.
당신만이 저에게 있어서는 도움이요 기쁨입니다,

당신만이 저에게 있어서는 말 못할 빛입니다.

그러니 당신의 불안을 잊으십시오,
저를 그토록 슬퍼하지 마십시오.
자주 한길로 나가곤 하지 마십시오,
예스런 헌 웃옷을 걸치시고.

(1924)

난 아직 그처럼 지친 적은 없었다.

난 아직 그처럼 지친 적은 없었다.
이 같은 음울한 추위와 끈적거림 속에
랴자니의 하늘에 그리고 나의 방종한 생활이
꿈에 나왔다.

많은 여자가 나를 사랑하였고
게다가 나 자신도 한 두 여자를 사랑한 것은 아니었다.
암흑의 힘이 나를 술에 길들게 한 것은
그래서는 아니었다.

긴긴 취한 밤과 밤
그리고 난장판의 우수는 처음이 아니다!
푸른 잎을 벌레가 갉아먹듯이
내 두 눈을 갉아먹고 있는 것은 그래서가 아닌 것 아닌가?

누가 배신하면 난 아프지 않다,
수월하게 얻은 승리가 기쁘게 하지도 않는다, ―
그 머리털의 금빛 건초가
잿빛으로 바래고 바래고 있는 것이다.

가을이 앙금이 여과될 때
재와 물로 바뀌고 있지 않는다.
지나간 세월이여, 난 너희를 아쉬워하지 않는다.
아무것도 되돌아오게 하고 싶지는 않다.

쓸데없이 나 자신을 괴롭히는 것에 지쳤다,
얼굴에 이상야릇한 미소를 띄고
주검의 고요한 빛과 잠을
가벼운 몸뚱이에 걸치기를 나는 좋아했다……

심지어는 지금도 힘들지 않다,
도둑의 소굴에서 소굴로 발을 절름거리며 발을 질질 끄는 것도
징벌복懲罰服에 밀어 넣듯이
우리들은 자연을 콘크리트 속에다 가두고 있다.

내 내부에서도 바로 그러한 법칙에 좇아
맹렬한 열기가 가라앉고 있다.
그러나 나는 한때는 좋아했던 그 들판에

그래도 역시 공손히 고개를 조아리고 있다.

내가 단풍나무 밑에서 자랐던 대로,
노란 풀 위에서 뛰놀았던 대로, ‒
참새들과 까마귀들에게
그리고 밤에 흐느껴 울고 있는 부엉이에게 안부를 전한다.

나는 봄의 저 멀리의 그들에게 외친다‒
"귀여운 새들아, 푸른 전율에 전해다오, 나는 말썽을 부릴
대로 다 부리고 말겠노라고, ‒
비록 지금일지라도 바람이 치게 할지어다,
귀리의 명치 밑을."
(1923)

먼 옛 세월의 카랑카랑한 울음으로는

먼 옛 세월의 카랑카랑한 울음으로는
지금 이 슬픔을 흩을 수 없다.
내 하얀 피나무는 꽃을 다 피웠다,
밤꾀꼬리의 박명을 다 울고 났다.

그때에는 나에게는 모든 것이 새로웠었다.
가슴 속에서는 많은 느낌이 비비대기치고 있었다.
그러나 지금은 심지어 부드러운 말까지도
쓴 열매처럼 입에서 저도 모르게 떨어지고 있다.

그리하여 눈에 익은 드넓은 처지도
이제 달 아래에서 그리 좋지 않다.
산골짜기들…… 산들…… 산중턱들은
러시아의 광활한 드넓음을 슬프게 했다.

병적인 잔악한 날은 거울 같은 수면
이러한 것은 다 나에게는 정답고 가까운 것,
그래서 그렇게 흐느끼기가 쉽다.

비스듬히 기울어져 머리 조그만 초가.
양들의 울음소리, 그리고 저 멀리 바람에
말라빠진 꼬리를 흔드는 말 한 필,
무뚝뚝한 못을 들여다보고 있다.

이것이 모든 우리들이 고향이라고 부르는 것,
그게 다, 그래서 여기에서는
궂은 날씨엔 그것에 맞추어 마시고 운다,
환히 미소 짓는 말들을 기다리면서.

그래서 이러한 슬픔을 아무도
젊었을 적의 웃음으로 흩트릴 수 없다.
내 하얀 피나무는 꽃을 다 피웠다,
밤꾀꼬리의 박명을 다 울고 남다.

(1924)

나에게는 딱 하나의
심심풀이가 남았을 뿐이다—

나에게는 딱 하나의 심심풀이가 남았을 뿐이다 –
손가락을 입에다 넣고 즐겁게 휘파람을 부는 것.
내가 잡놈이자 말썽꾸러기라는
악평이 천둥했다

아! 얼마나 우스꽝스러운 손실인가!
우스꽝스러운 손실은 인생에는 많이 있다.
수치스러운 것은 내가 신을 믿었었다는 것.
지금 믿지 않고 있는 게 쓰라리다.

황금빛의 저 먼 원경!
뜬세상의 아지랑이가 불태우지 않는 것은 없다.
그리하여 나는 덜 활활 타게
잡질을 해왔고 말썽을 일으켜왔다.

시인의 선물은 어루만지고 아프게 하는 것.
시인의 운명의 각인이다.
내가 지상에서 하고 싶었던 것은

흰 장미를 두꺼비와 맺어주게 하는 것이었다.

이 같은 장미빛의 나날의 생각들이
이루어지지 않았어도 좋고 들어맞지 않았어도 좋다.
그러나 만일 악마들이 마음 속에서 둥지를 틀었다면
천사들도 거기에서 살고 있었다는 것이다.
바로 이러한 멍멍함의 유쾌한 기분 때문에
멍멍한 채로 딴 천지로 떠나면서
나는 마지막 순간에
나와 함께 갈 사람들에게 부탁하고 싶다, ―

내 무거운 죄, 그 모든 것을 대상하기 위하여,
신의 은총을 믿지 않은 것을 대상하기 위하여
나를 러시아의 루바쉬카에 싸
성상 밑에서 죽도록 놓아달라고.
(1923)

너는 수수한 여자이다, 모든 여자처럼

너는 수수한 여자이다, 모든 여자처럼,
러시아의 십만 명의 다른 여자들처럼.
너는 알고 있다, 쓸쓸한 어슴새벽을,
가을의 푸른 차가움을.

우스꽝스럽게도 난 열심히 달라붙었다,
난 어리석게도 생각으로 꽉 차 있었다.
너의 성자상의 엄격한 용모는
랴자니의 예배당마다 걸려 있었다.

나는 이러한 이콘들에 침을 뱉었었다.
나는 난봉꾼의 난폭한 언동과 고함소리를 존경하였다,
그러나 지금은 별안간 쑥 자란다,
더할 나위 없을 만큼 부드럽고 얌전한 노래의 말이.

나는 하늘로 날아가고 싶지 않다.
몸에 너무나 많은 것이 필요하다.
네 이름은 팔월의 냉기처럼
어째서 그처럼 소리를 내고 있는 것인가?

나는 거렁뱅이가 아니다, 가련하지도 않고 작딸막하지도
않다,
　　그리고 열정으로 알아들을 줄 알고 있다.
　　어렸을 적부터 나는 알고 있었다,
　　수캐들과 초원의 암말들이 어째야 마뜩해하는 지를.

　　그래서 나는 나 자신도 아끼지 않았다,
　　너를 위해서, 그녀를 위해서, 이 여자를 위해서.
　　시인의 미친 마음은
　　쓸쓸한 행복의 담보이다.

　　그래서 이파리와 사팔눈 속에 가라앉듯이
　　가라앉아 나는 슬픔에 잠겨 있다······
　　너는 수수한 여자이다, 모든 여자처럼,
　　러시아의 십만 명의 다른 여자들처럼.
　　(1923)

너야 딴 놈이 들이켜라고 하라지

너야 딴 놈이 들이켜라고 하라지,
그러나 내 몫은 남아 있다, 내 몫은 남아 있다
네 머리털의 유리琉璃의 연기와
그 두 눈의 가을의 고단함이.

오, 가을의 나이! 그건 나에게는
젊음과 여름보다 더 소중하다,
너는 갑절 더 마뜩해졌다
시인의 상상에.

난 진정으로 결코 거짓말을 하지 않는다,
그래서 거드름스러운 목소리에
감연히 말할 수 있다,
나는 난폭한 짓거리와는 헤어졌노라고.

발칙한 고분고분하지 않는
용기와는 헤어질 때이다.
이미 심장은 다른
피를 식히는 토속주를 실컷 마셨다.

내 창문을 두드렸다

구월이 버드나무의 새빨간 가지로,

그 까다롭지 않는 노래를

내가 맞을 채비를 하도록.

지금 나는 많은 것들과 화해하고 있다

억지가 아니고 손실 없이.

나에게는 러시아가 다르게 여겨지고 있다

다른 공동묘지와 초가들로.

나는 똑똑히 둘레를 보고 있다

저기에서인지 여기에서인지 어디에서인가인지

너만이, 누이동생과 그리고 벗,

시인의 길동무가 될 수 있었던 것을 보고 있다.

나는 너에게만 할 수 있으면 하는

변함없이 자라면서

길의 해거름의 어스름과

떠나가는 난폭한 짓거리에 대하여 노래하지 않으면 안 된다.(1923)

소중한 여인이여

소중한 여인이여, 나란히 앉자,
서로 똑바로 바라보자꾸나.
나는 얌전한 시선 밑에서
감정의 눈보라에 귀를 기울이고 싶구나.

이 가을의 황금,
이 흰 머리채 −
모든 것은 마음 편하지 않는
난봉꾼의 구원으로 나타났다.

나는 오래 전에 고향을 버렸노라,
풀밭과 덤불이 꽃을 피우고 있는.
도시의 쓰라린 영광 속에서
나는 보잘것없는 사람으로 살려고 했던 것이다.

나는 바랐다, 가슴이 한결 더 어렴풋이
뜨락과 여름을 회상하기를,
개구리의 음악을 들으면서
나 자신을 시인으로 키웠던.

거기에는 지금 그 똑같은 가을이……
단풍나무와 보리수가 이 방 저 방의 창문으로,
가지를 손처럼 밀어 넣어,
기억에 남아 있는 사람들을 찾아내고 있다.

그들은 이미 오래 전에 이 세상을 떠났다.
수수한 마을 묘지에서 달은
십자가에 비친 빛으로 넌지시 비치고 있다.
우리들도 그 손님으로 찾아가리라는 것을,

우리들도 불안한 한평생을 마치고,
이 초막 밑으로 옮아가리라는 것을.
올라갔다 내려갔다 하는 길은 모두
생명이 있는 자들에게만 기쁨을 부어준다.

소중한 여인이여, 나란히 앉자,
서로 똑바로 바라보자꾸나.
나는 얌전한 시선 밑에서
감정의 눈보라에 귀를 기울이고 싶구나.　　(1923)

너를 보노라면 슬프다

너를 보노라면 슬프다,
얼마나 가슴 아프고 얼마나 애련한 것인가!
어쩐지 구월에 우리들에게 남은 것이라고는
버드나무의 구리銅뿐인 듯하다.

생판 남의 입술이 산산이 부수어뜨려버렸다
네 몸의 따뜻함과 떨림을.
마치 가랑비가 내리고 있는 듯
얼마큼 마비된 마음에서.

뭐 어떠랴! 나는 그것을 두려워하지 않는다.
다른 기쁨이 나에게 열렸다.
남은 것이라고는 누런 송장과 습기밖에
아무것도 없잖은가.

하지만 나는 내 몸을 지키지 않았는걸
조용한 삶과 미소를 위해서.
지나온 길이라도 보잘것없이 적은데다
저지른 잘못은 엄청나게 많다.

우스꽝스러운 삶, 우스꽝스러운 무질서.
그랬었고 그럴 것이리라.
공동묘지처럼 뜰은 널려 있다
자작나무마냥 뜯어 먹힌 뼈다귀들이.

바로 그렇게 우리들도 흐드러지게 꽃을 피웠다
잠잠해지리라, 뜰의 손처럼……
한겨울에 꽃이 없을 것 같으면
그렇다면 꽃을 그리워할 것도 없으리라.
(1923)

너 나를 쌀쌀하게 괴롭히지 마라

너 나를 쌀쌀하게 괴롭히지 마라
내 나이를 묻지 마라,
심한 간질에 사로잡힌
나는 마음이 노란 해골처럼 돼 버렸다.

나는 교외로부터 소년답게
철저히 꿈을 꾸었던 때가 있었다,
나는 부자가 되리라고 유명해지리라,
모든 사람에게서 사랑을 받으리라 하고.

그렇다! 나는 부자이다, 넘고 처질 만큼의 부자다.
실크해트도 있었지만 지금은 없다.
남은 것이라고는 다만 가슴장식과
흔해빠진 유행의 편상화 한 켤레뿐.

내 평판은 더 나쁘지 않다, −
모스크바에서 파리의 갱비리까지
내 이름을 들으면 떤다.
천한 큰 목소리의 욕지거리처럼.

그리고 사랑, 우스꽝스러운 일이 아닌가?
너야 입을 맞추지만 입술은 마치 생철.
내 감정은 넘을 만큼 익어 문드러졌지만
네 감정은 꽃을 틔울 줄도 모르고 있다.

나는 슬퍼하기에 아직 때가 이르다,
뭐, 설령 슬픔이 있다손 치더라도 대단한 것은 아니다!
네 머리채보다도 고분에서
어린 명아주가 들레는 것이 찬란하다.

나는 또다시 그 고을로 돌아갔으면 싶다.
어린 명아주가 들레고 있는 밑에
이름도 없이 영원히 몸을 붇고
소년답게 연기를 꿈꾸기 위하여.

그러나 다른 새로운
불가해한 땅과 풀에 대하여 꿈을 꾸기 위하여,
심장이 말로 표현하지 못하고
사람이 그 이름을 모르는 것을　　(1923)

저녁은 검은 눈썹을 모았다

저녁은 검은 눈썹을 모았다.
누군가의 말들이 마당 가에 서 있다.
내가 청춘을 조롱한 것은 어제가 아니었던가?
너에게 대한 사랑이 식어 버린 것은 어제가 아니었던가?

유행에 뒤진 트로이카여, 콧바람을 불지 마라!
우리의 삶은 흔적도 없이 눈깜짝할 사이에 지나가 버렸다.
어쩌면 내일 병원의 침대가
나에게 영원한 안식을 줄는지도 모른다.

어쩌면 내일 싹 딴 사람이 되어
비와 귀룽나무의 노래,
건강한 사람이 사는 법을 들으려고
나는 영원히 나아 떠날는지도 모른다.

나는 나를 파멸시키면서 괴롭혔던
음울한 힘을 잊어 버리리라.
숙부드러운 얼굴 생김새! 귀여운 얼굴 생김새!
그것만은, 너만은 잊어 버리지 않으련다.

나로 하여금 여자를 사랑하게 하지,

그러나 나는 그녀와도, 좋아하는 여자와도 다른 여자와도
소중한 너에 관하여
언젠가 내가 소중한 여자라 불렀었노라고 얘기하마.

이야기하리라, 옛날의 우리의 삶이 어떻게 흘러갔는지.
그건 옛날의 우리의 삶이 아니었었노라고……
너는 내 강담한 머리인가,
너는 나를 무엇에 다다르게 하였는가?
(1923)

쉬아가네*여, 나의 쉬아가네여!

쉬아가네여, 나의 쉬아가네여!
내가 북녘에서 와서일까, 그래설까,
나는 너에게 들판을 이야기할 셈이다,
달빛에 비춰 물결 치고 있는 호밀에 대하여.
쉬아가네여, 나의 쉬아가네여.

내가 북녘에서 와서일까, 그래설까,
북녘에서는 달이 백배나 커,
쉬라즈**란 도시가 아무리 아름다울지라도,
랴자니의 아득한 광활함보다 못하다.
내가 북녘에서 와서일까, 그래설까.

나는 너에게 들판을 이야기할 셈이다,
나는 이 머리털을 호밀한테서 얻었다,

---

* 쉬아가네 네르세소브나 탈리얀. 그 시기의 문학 여교사. 예세닌은 1924~1925년의
 겨울에 아드쥐아리야 자치공화국 수도인 흑해연안의 항구도시 바투미에 머물렀
 을 때 그녀와 알음알이가 되었음.

** 이란 남부의 도시. 1925년 4월 8일 G. 베니슬라프스카야에게 부친 편지 가운데에
 서 "나는 심지어는 쉬라즈에 가고 싶기까지 합니다. 꼭 가겠습니다. 거기에서는
 페르시아의 가장 훌륭한 서정시인들 모두가 태어나지 않았습니까!"라고 예세닌
 은 쓰고 있었음.

만일 그러고 싶거들랑 손가락에다 감아보렴 −
나는 조금도 아프지 않으니까.
나는 너에게 들판을 이야기할 셈이다.

달빛에 비친 물결 치고 있는 호밀을
내 고수머리로 짐작해보렴.
귀여운 너, 까불어 보렴, 미소를 지어보렴,
다만 내 안에서 기억을 되살아나게 하지만 말아다오
달빛에 비친 물결 치고 있는 귀리를.

쉬아가네여, 나의 쉬아가네여!
그곳 북녘에서는 한 아가씨도 또한,
너를 쏙 빼 닮은 한 아가씨가 말이다,
나를 생각하고 있을는지도 모른다……
쉬아가네여, 나의 쉬아가네여.

(연작 〈페르시아의 모티프〉에서)
(1924)

이제 우리들은 조금씩 떠나가고 있다

이제 우리들은 조금씩 떠나가고 있다
고요함과 행복이 있는 그 나라로.
어쩌면 나도 곧 길을 떠날는지 모른다
덧없는 세간살이를 치워야 한다.

그리운 자작나무 숲이여!
너 대지여! 그리고 너 모래벌판이여!
이러한 떠나가는 동포들의 무리 앞에
나는 괴로움을 숨길 수 없다.

너무나 나는 이승에서 사랑했다
넋을 육체 속에 싸고 있는 모든 것을.
가지를 뻗고 장미빛의 수면水面을 들여다보고 있던
미루나무에 평화가 있으라.

고요 속에 나는 많은 것을 생각하고
마음 속으로 많은 노래를 지었다.
이 음울한 대지 위에서
내가 숨쉬며 살았던 게 행복하다.

행복하다, 내가 여자들에게 입맞춤을 하고
꽃을 짓뭉개며 풀 위에서 뒹굴었던 게,
그리고 나 어린 우리 동포들처럼
짐승들의 마빡을 치지 않았던 게.

나는 알고 있다, 거기서는 숲이 꽃을 피우지 않고
라이보리는 백조白鳥 같은 목을 살랑거리지 않는다.
그래서 떠나가는 동포들의 무리 앞에서
나는 언제나 전율을 느낀다.

나는 알고 있다, 그 나라에는
안개 속에서 금빛으로 빛나는 이러한 밭은 없을 것이다.
그래서 나에게는 사람들이 소중하다,
나와 함께 지상에서 살고 있는.

(1924)

담청색 덧문이 있는 나지막한 집

담청색 덧문이 있는 나지막한 집,
나 어찌 너를 잊을 수 있으랴 –
어스름 속에서 소리가 그친 나이는
아주 요즈음의 것이었다.

오늘에 이르기까지 나는 아직도 꿈을 꾸고 있다
고향의 들판과 풀밭과 수풀을,
이 북녘의 보잘것없는 하늘의
잿빛의 사라사로 덮인.

나는 황홀함을 느낄 줄도 모르고
외딴곳에 자취를 감추고 싶지도 않지만,
아마 영원히 가지고 있는 것이리라,
러시아인의 넋의 슬픈 부드러움을.

나는 머리가 센 학이 좋아졌다
멀리 메마른 데서 우는 그 울음소리와 함께,
널따란 들판에서
배가 부를 만큼의 알곡을 본 일도 없을 것이므로.

보이는 것이라고는 오직 자작나무 숲, 그리고 꽃,
그리고 구불구불한 잎이 없는 버드나무 숲뿐,
그리고 또 쉽게 죽음을 가져오는,
사나운 휘파람소리가 들리고 있었다.

아무리 사랑하고 싶지 않아도,
사랑하지 않을 수 없다.
이 값싼 사라사 밑에서도
고향 마을아, 나는 네가 그립다.

그러니까 요즈음에는
이제 젊지 않은 나이라 생각한다……
담청색 덧문이 있는 나지막한 집
나 어찌 너를 잊을 수 있으랴.
(1924)

황금빛 수풀

황금빛 수풀은 다 지껄이고 났다
자작나무의 명랑한 말로,
두루미들은 슬프게 하늘을 날아가면서,
이제는 다시 더 아무에게도 미련을 두지 않고 있다.

누구에게 미련을 남기랴? 세상 사람은 누구나가 순례자이
지 않은가 —
지나가고 들르고 다시 또 집을 뒤에 남겨두고 할 것이다.
떠나가 버린 모든 사람들에게 대하여 삼밭은
하늘빛 연못 위의 널따란 달과 더불어 몽상하고 있다.

벌거벗은 들판 가운데에 혼자 서 있다,
바람은 두루미들을 멀리 실어가 버리리라,
나는 즐거운 젊음에 대한 생각에 젖어 있다,
그러나 지난 날의 어떤 것도 아쉬워하지 않는다.

헛되이 써져 버린 나이를 아쉬워하는 것은 아니다,
마음 속의 라일락 꽃을 아쉬워하는 것은 아니다.
뜰에서는 붉은 마가목의 모닥불이 타고 있다,

그러나 그것은 아무도 훈훈하게 해주지 못하고 있다.

마가목의 열매 송이는 타 버리지는 않는다,
노래진다고 하여 풀은 없어지지는 않는다.
나무가 조용히 잎을 떨어뜨리듯이,
나도 우울한 말을 떨어뜨리고 있다.

만일 시간이 바람을 일으켜 흩날리면서,
그것들은 모두 하나의 쓸모 없는 덩어리로 긁어 모은다
면······
이렇게 말하시오······ 황금빛의 수풀은
귀여운 말로 다 지껄이고 났다고.

(1924)

시인이 된다는 것 그것은

시인이 된다는 것 그것은
만일 삶의 진실을 파괴하지 않으려거들랑
자신의 부드러운 살갗에 반흔瘢痕을 남긴다는 것,
감정의 피로 남들의 마음을 어루만진다는 것 바로 그것을
뜻한다.

시인이 된다는 것은
자신이 알도록 유유자적함을 노래하는 것.
꾀꼬리가 노래하고 있지만 꾀꼬리는 가슴이 아프지 않다.
꾀꼬리에게는 한 가지 똑같은 노래만 있을 뿐이다.

소원한 목소리로 노래하는 꾀꼬리는
가련한 우스꽝스러운 딸랑거리는 방울.
세상에 필요한 것은 노랫말을
설령 개구리처럼 알지라도 제 목소리로 노래하는 것이다.

마호멧은 빈틈없게 코란에서
독한 음료를 금하고 있다,
그래서 시인은 고문받으려고 갈 때에는

술을 마시기를 그치지 않는다.

사랑하는 여자에게 가자

사랑하는 여자는 다른 남자와 침상에서 자고 있다,

보드카에 절여져 있는

그는 그녀의 가슴에 비수를 꽂지 않는다.

그러나 질투로 궤젓하게 불타오르면서

집까지 가는 동안 큰소리로 휘파람을 불리라.

"뭐 어때, 어차피 떠돌아다니다 뒈져버릴 것이리라,

이승에서는 그것도 이미 다 알고 있는 것을."

(연작 〈페르시아의 모티프〉에서)

(1925)

하늘빛의 즐거운 고을

하늘빛의 즐거운 고을.
내 명예는 노래를 위하여 팔렸다.
바닷바람아, 더 조용히 숨쉬어라, 불어라─
들리느냐, 꾀꼬리가 장미를 큰소리로 부르고 있는 것이?

들리느냐, 장미가 기울며 밑으로 구부러지고 있는 쪽이─
이 노래는 마음 속에서 반응하고 있다.
바닷바람아, 더 조용히 숨쉬어라, 더 살살 불어라─
들리느냐, 꾀꼬리가 장미를 큰소리로 부르고 있는 것이?

너는 어린아이, 그것으로 말다툼할 것은 없다,
게다가 또 그래 내가 정말로, 시인이 아니기라도 하다는
건가?
바닷바람아, 더 조용히 숨쉬어라, 더 살살 불어라─
들리느냐, 꾀꼬리가 장미를 큰소리로 부르고 있는 것이?

소중한 겔리야, 용서하여라.
길에는 많은 장미가 흔히 있기 마련이다,
많은 장미가 기울며 밑으로 구부러지고 있다,

하지만 딱 한 송이가 진정한 미소를 지으리라.
같이 미소를 짓자구나. 너와 나.
이처럼 사랑스러운 고장을 위하여.
바닷바람아, 더 조용히 숨쉬고 더 살살 불어라─
들리느냐, 꾀꼬리가 장미를 큰소리로 부르고 있는 것이?

하늘빛 즐거운 고을.
설령 내 온 삶이 노래를 위하여 팔린다손 치더라도
그러나 겔리야 대신 나뭇가지 그늘에서
꾀꼬리가 장미를 그러안고 있다.

(연작 〈페르시아의 모티프〉에서)
(1925)

하늘빛 블라우스, 파란 눈

하늘빛 블라우스, 파란 눈.
나는 그 어떤 진실도 사랑스러운 아가씨에게 말하지 않았다.

사랑스러운 아가씨는 물었다 ? "눈보라가 휘몰아치고 있는
가요?"
페치카에 불을 지필까요, 이부자리 볼까요."

나는 사랑스러운 아가씨에게 대답했다. "오늘은 높은 데에서
누군가가 흰 꽃을 뿌리고 있소.

페치카에 불을 지펴라, 이부자리 보아라,
네가 없으면 내 마음엔 눈보라."
(1925. 10)

눈보라가 세차게 몰아치고 있고

눈보라가 세차게 몰아치고 있고,
벌판을 낯선 트로이카가 내달리고 있다.

낯선 청춘이 트로이카를 타고 내달리고 있다.
내 행복은 어디에 있느냐? 내 기쁨은 어디에 있고?

모든 것은 세찬 회오리바람 밑에서 멀리 굴러가 버렸다,
바로 저 똑같은 성급한 트로이카를 타고.
(1925. 10. 4~5)

푸른 밤

푸른 밤, 달밤에
나도 한때는 예쁘고 젊었었다.

붙잡을 수도 없고 되풀이될 수도 없게
모든 것은 날아가 버렸다……
멀리…… 알아채지 못하게……

가슴이 식어 버렸다, 눈도 빛이 바래고 말았다……
푸른 행복이여! 숱한 달밤이여!
(1925)

귀향

나는 고향 땅을 찾아 들었다,
어린 시절을 보냈고,
십자가가 없는 종탑이
자작나무의 망루가 있는 누각에 의하여 솟아오른,
그 조그만 마을을.

거기에서는 얼마나 많은 변화가 있었던 것인가,
고향 땅의 가난한, 보기에도 쑥스러운 생활양식에.
얼마나 많은 새로운 발견이
내 뒤를 바싹 쫓아왔던 것인가.

아버지의 집마저도
나는 알아볼 수 없었다,
창문 밑에서 흔들리고 있는 단풍나무도 이제는 눈에 띄지
않는다,
그리고 문간의 층계 위에 앉아,
밀가루 죽을 병아리들에게 먹이던 어머니의 모습도 이제는
보이지 않는다.

늙으셨을 것이다, 틀림없이 늙으셨을 것이다……

아무렴, 늙으셨겠지.

나는 우울한 눈으로 사방을 둘러본다 –

나에게는 그 얼마나 낯선 고장인 것인가.

오직 산만이 예나 다름없이 희뿌옇게 보이고 있고

그리고 산 옆에

잿빛의 높다란 바위가 서 있을 뿐이다.

나는 묘지에 찾아왔다!

밑동이 썩어서 내려앉은 십자가가,

마치 서로 치고 패고 하는 주검처럼 두 팔을 쩍 벌린 채 굳

어 버렸다.

오솔길을 따라, 지팡이를 짚고,

한 늙은이가 부리얀*에서 흙먼지를 털며 걸어오고 있다.

"여보세요!

저, 말씀 좀 묻겠습니다,

---

* 부리얀: 남부 러시아의 초원을 덮고 있는 키가 크고 줄기가 굵은 잡초를 통 털어 일
  컫는 것임.

예세니나 타치야나*께서는 여기 어디에서 살고 계신가요?"

"타치야나라…… 흠……
바로 저기 저 초가집 너머야.
자네는 그분과 어떻게 되지?
일가라고?
그렇다면 혹 집을 나간 아들인가?"

"그렇습니다, 아들입니다.
그런데 영감님, 그게 당신과 무슨 상관이 있길래요?
그리고 왜 그러시죠,
왜 그처럼 슬픈 눈빛으로 바라보고 계시죠?"

"괜찮다, 내 손자야,
괜찮아, 너는 숫제 할아버지를 몰라보는구나!……"
"아, 할아버지, 당신이 정말로 할아버지신가요?"
슬픈 이야기가 흘러나오기 시작하고

---

* 예세니나 타치야나; (1875~1955). 시인의 어머니.

흙먼지의 꽃 위에 뜨거운 눈물이 뿌려졌다.

…………………………………………………

"너는 아마 곧 서른이 되지……

나는 벌써 아흔이다……

곧 무덤 속으로 들어가게 되겠지.

진작 좀 돌아오지 그랬느냐."

할아버지는 말을 하였고 이마엔 내내 주름이 잡혀 있었다.

"그렇지!…… 시절이 시절이다 보니까 그랬겠지……

너도 공산주의자겠지?"

"아니에요!……"

"네 누이들은 공산청년동맹원이 되었단다.

그런 못된 놈의 짓거리가 어디 있니!

차라리 목을 매어 죽기나 하지!

어제는 성상聖像을 선반에서 끌어내렸고,

교회에서는 위원委員이 십자가를 철거했지 뭐냐.

지금으로서는 기도를 할래야 할 데가 없구나.

그래서 지금은 몰래 숲 속으로 들어가,

고리버들 앞에서 기도를 하고 있다……

그런대로 그것도 괜찮겠지……

집으로 가자꾸나 –
너는 모든 것을 재 눈으로 보게 될 것이다."
우리들은 쿠콜리가 자란 밭고랑을 짓밟으면서 걷는다.
나는 밭과 숲에 미소를 지어 보이고
할아버지께서는 슬픔이 담긴 눈으로 종탑을 바라보신다.
…………………………………………………………
…………………………………………………………
"안녕하세요, 어머니! 안녕하세요!" –
그리고 나는 다시 두 눈에 손수건을 가져다 댔다.
이 초라한 집을 보고
암소도 통곡을 하리라.

벽에는 레닌의 초상화가 들어 있는 캘린더.
여기에 누이동생들의 생활이 있다,
누이동생들의 생활이지 내 생활은 아니다, –
그러나 너, 사랑하는 고향 땅을 보면
역시 그 앞에 나는 무릎을 꿇고 싶어진다.

이웃사람들이 찾아왔다……

한 여자가 어린아이를 데리고 찾아왔다.
이제는 아무도 나를 알아보는 사람이 없다.
우리 집 개새끼마저도 거드름스럽게
나를 대문가에서 짖어대며 맞았다.

아, 사랑스러운 고향 땅이여!
너는 변해 버렸구나,
옛날의 네가 아니다.
나도 이제는 물론 옛날의 내가 아니다.
어머니와 할아버지가 우울과 절망 속에 빠져들면 들수록,
누이동생들의 입은 더욱더 쾌활하게 웃고 있다.

물론 레닌도 나에게는 성상聖像이 될 수 없다,
나는 우리 마을을 잘 알고 있다……
내 가족을 사랑하고 있다……
그런데도 도대체 왜 이 고향 땅에서
나는 나무걸상 위에 앉아 쉬지 못하는가.

"자, 말해다오, 누이동생들이여!"

그러자 누이동생들은,

배가 나온 《자본론》을 성서처럼 펴 들고,

마르크스가 어떻다느니,

엥겔스가 어떻다느니 하고 주워섬긴다 ……

단 한 번도

나는 그러한 책을 물론 읽어본 적이 없다.

그래서 나에게는 우스꽝스러운 것이다,

이 날렵한 계집아이들이

내 멱살을 꽉 움켜쥐고 있는 것이.

…………………………………………………………

…………………………………………………………

우리 집 개새끼마저도 거드름스럽게

나를 대문가에서 짖어대며 맞았다.

(1924)

소비에트 러시아

A. 사하로프*에게

그 태풍은 지나갔다. 우리 살아남은 사람들은 적다.
벗의 이름을 불러보면 많은 사람들이 없다.
나는 다시 고아가 된 고향으로 돌아왔다,
여덟 해 동안이나 떠나 있던.

내가 누구를 부르랴? 내가 누구와 나누랴
내가 살아남았다는 그 슬픈 기쁨을?
여기에서는 방앗간마저도 – 외날개를 가진
통나무의 새처럼 – 눈을 감고 서 있다.

여기에서는 아무도 나를 모른다.
기억하고 있었던 사람들은 오래 전에 잊어버렸다.
그리고 일찍이 아버지의 집이 있었던 데에는,
지금 재와 길바닥의 흙먼지 켜가 쌓여 있다.

생활은 부글부글 끓고 있다.

---

* A. 사하로프; (1894~1952?). 출판사 직원인 예세닌의 친구.

내 둘레에서는 부산히 돌아다니고 있다,
늙은이고 젊은이고간에.
하지만 나에게는 모자를 벗어 인사 할 사람이 없다,
어느 누구의 눈에서도 은신할 데를 찾지 못하고 있다.

머리 속에서는 온갖 생각이 지나가고 있다 −
고향이란 무엇인가?
그래 그것은 꿈이라는 것일까?
나는 이곳의 거의 모든 사람들에게 음울한 순례자가 아닌가
어디 어떤 먼 나라에서 온 지도 모르는.

이것은 바로 나다!
나는 이 마을 사람이다,
이 마을이 언젠가 널리 알려진다면,
그것은 일찍이 여기에서 한 농사꾼의 아낙네가
한 러시아의 파렴치한 엉터리 시인을 낳았대서일 뿐이리라.

그러나 사상의 목소리는 가슴에 말한다 −
"마음을 가라앉혀라! 어째서 너는 화가 났느냐?

이것은 다만 다른 세대의 새로운 불이
오막살이집 가에서 타고 있을 뿐이잖은가.

이제 너는 얼마큼 빛이 바랜 것이다,
다른 젊은이들이 다른 노래를 부르고 있다.
그 노래가 아마 더 재미있을 것이다 –
이제는 한 마을이 아니라 지구 전체가 그들에게는 어머니
인 것이다."

아, 고향이여! 나는 참으로 우스꽝스럽게 되고 말았다.
움푹 들어간 두 볼은 초췌한 홍조를 띠고 있다.
한 나라 사람들의 말이 나에게는 딴 나라의 말처럼 되었고,
제 나라에 있으면서 나는 흡사 이국인이다.

이렇게 나는 보고 있다 –
일요일에 마을 사람들이
면청面廳 근처에 있는 교회에 나가려는 것처럼 모여 있는 것
이다.
거칠고 다듬어지지 않은 말씨로

그들은 자기네의 '생활'을 이러쿵저러쿵 말하고 있다.

벌써 저녁이다. 얄따란 금박金箔을
저녁놀은 잿빛의 들판에 뿌려놓았다.
그러자 대문으로 들어가는 송아지들처럼,
포플러는 맨발의 발을 도랑에 처박았다.

조는 듯한 얼굴의 절름발이 적군赤軍 병사는,
이맛살을 찡그리고 회상에 잠겨,
엄숙하게 이야기하고 있다. 부죤느이*에 대하여,
적군赤軍의 페레코프** 탄환에 대하여.

"우리들은 적을 – 이렇게 저렇게 하여, –
그 부르주아 놈들을…… 그것을……크림에서……"

---

* 부죤느이, S.M.; (1883~1973). 소연방 원수. 1919년~1921년의 시민전쟁 시기에 기
병군단장과 제 1기병군 사령관을 지냄.
** 페레코프; 크림 반도와 러시아 본토를 잇는 페레코프 지협 (지협)의 북단에 있는
마을 이름. 시민전쟁 시기인 1920년 11월 7일~17일 프룬제 휘하의 남부 전선의
소비에트 군대가 브란겔리 장군이 이끄는 백위군 군대의 완강한 방어선을 돌파하
고 크림 반도를 해방시킴으로써 사실상 소련에 있어서의 시민전쟁을 종식시키게
되는 페레코프 죤가르 작전으로 크게 알려짐.

그러자 단풍나무는 긴 가지의 귀에 주름을 잡는가 하면,
아낙네들도 벙어리가 된 어스름 속에서 한숨을 짓는다.

산에서 농민 콤소몰이 내려와,
미친 듯이 켜대는 손풍금의 반주에 맞추어,
베드느이 제미얀*의 선동시煽動詩를 노래 부른다,
발랄한 외침소리로 골짜기가 귀를 멎게 하면서.

내 고향은 바로 이 모양이다!
도대체 무엇 때문에 나는
시 가운데서 나는 민중과 구순하다고 외쳐댔지?
내 시는 여기에서 이제 더 필요하지 않다,
게다가 또 아마 나 자신도 또한 여기에 필요하지 않으리라.

하지만 어떻게 하겠는가!
용서해다오, 고향의 품이여.
너에게 이바지하였다는 것만으로도 나는 이미 만족하고 있다,

---

* 베드느이 제미얀: (1883~1945). 러시아 소비에트의 작가. 사회주의 리얼리즘 시의
창시자의 한 사람.

이제는 내 노래를 부르지 말도록 할지어다 –

내가 노래를 불렀던 것은 내 나라가 병들어 있었을 때인 것이다.

무엇이나 모두 받아들이리라.

있는 그대로의 모든 것을 받아들이고 있기도 한 것이다.

먼젓사람들의 발자국을 따라서 가리다.

온 넋을 시월과 오월에 바칠 것이다

하지만 정다운 리라만은 넘기지 않을 것이다.

나는 그것을 남의 손에 넘기지 않을 것이다,

어머니에게도, 벗에게도, 아내에게도.

그것은 오직 나에게만 제 소리를 맡겼고

부드러운 노래를 오직 나에게만 불러 주었던 것이다.

활짝 꽃피어라, 젊은이들이여! 몸을 튼튼히 가꾸어라!

그대들에게는 다른 생활이 있노라, 다른 노랫가락이 있노라.

나는 눈에 보이지 않는 경계를 향하여 혼자서 가리라,

광란하는 넋을 영원히 잠재우고서.

그러나 언젠가,

혹성惑星 전체에서

종족種族의 적의敵意가 사라지고,

거짓과 우수가 자취를 감추게 되는 날,

나는 찬양하는 노래를 부를 것이다.

시인의 내부의 전 존재로써

지구의 육 분의 일을 차지하고 있는

'러시아'라는 짧은 이름의 나라를.

(1924)

떠나가는 러시아

레닌의 승리의 제자들인,
우리들은 아직 많은 것을 인식하지 못하고 있다,
그리하여 새 노래를
할아버지와 할머니들이 우리들에게 가르쳐 주셨던 것처럼
옛 노래를 부르듯이 부르고 있다.

벗들이여! 벗들이여!
나라 안에 이 무슨 분열인가,
즐거움이 끓어오르는 속에서 이 무슨 슬픔인가!
아마 그래서 나도 그처럼,
바지가랑이를 걷어 올리고,
콤소몰을 뒤쫓아 달려가고 싶은 것이리라는 것을.

나는 떠나는 사람들이 슬퍼하는 것을 나무라지 않는다,
그래 어디에서 늙은이들이
젊은이들을 뒤쫓아갈 수 있다는 건가?
늙은이들은 아직 베어 거두어들여지지 않은 호밀처럼
뿌리째 썩어서 쏟아져 떨어지도록 남겨진 것이다.

나도, 나 자신도,

젊지도 않고 늙지도 않다,

시대를 위한 거름으로 운명 지워져 있다,

목로집의 기타소리가

나에게 달콤하게 잠들게 하는 것은 그래서이지 않을까?

사랑스러운 기타여,

울려라, 울려!

쳐라, 집시여인이여, 무엇인가 애무도 몰랐고 안전도 몰랐던

헛되이 보낸 날들을 잊어 버리도록 하는 것과 같은 것을.

나는 소비에트정권을 나무라고 있다,

다른 사람들의 싸움 속에서 나는

내 밝은 청춘을 보내지 못하여

그래서 나는 소비에트정권이 원망스러운 것이다.

내가 본 것은 무엇이냐고?

내가 보아온 것은 싸움뿐,

그리고, 노래 대신

들어온 것은 포성이었다.
그래서가 아닐까, 노란 머리로
쓰러질 만큼 위성을 뛰어 돌아다니고 있었던 것은?

그러나 역시 나는 행복하다.
휘몰아치는 폭풍우들의 큰 무리 속에서
나는 둘도 없는 인상을 받았다
회오리바람이 내 운명을
금실로 짠 꽃무늬로 화려하게 차려 입혔다.

나는 새로운 인간이 아니다!
숨길 게 무엇이 있겠는가?
나는 한쪽 다리로 과거 속에 남았다.
다른 한쪽 다리로 강철의 군대를 따라잡으려고 하면서
미끄러지며 넘어지고 있다.

그러나 다른 사람들이 있다.
한결 더 불행하고 한결 더 잊혀진 사람들이다.
그들은 체 속에 낀 겨처럼

그들로서는 알지 못할 이런저런 사건의 한가운데에 있는
것이다.

나는 그들을 알고 있다
그리고 몰래 훔쳐보았다—
암소의 눈보다 더 슬픈 눈을.
인간의 평화로운 사업 한 가운데에
못처럼 그들의 피가 곰피어 버린 것이다.

누가 이 못에 돌을 던질 것인가?
건드리지 말라!
코를 찌를 악취가 풍길 것이다.
그들은 제물로 죽을 것이다,
낙엽에 많은 기생충의 분비물로 썩을 것이다.

그런데 다른 사람들이 있다,
신용하는
미래에 수줍은 눈길을 끌고 가는 사람들.
엉덩이며 이마를 이따금 긁으면서

그들은 새로운 삶에 대하여 말하고 있다.

나는 듣고 있다, 나는 깬 정신으로 보고 있다,
농민의 흠구덕이 무엇을 가지고 불을 피우고 있는지.
"소비에트정권과 더불어 사는 것이 우리들에게는 마뜩하
다……
지금은 바라건대 사라사를…… 그리고 못을 조금……"
이 털보들에게 필요한 것이란 얼마나 적은 것인가,
한평생을 죽 살아온 것이다,
그저 하지감자와 빵만으로.
어찌 나는 밤마다 욕지거리를 하고 있는 것일까,
실패로 끝난 쓰라린 운명을 두고?

나는 부러워하고 있다,
평생을 전투로 보냈던 사람들을,
크나큰 이상을 지켜왔던 사람들을.
그러나 젊은 날을 망쳐 버린 나는
회상이랄 것마저도 가지고 있지 않다.
무슨 추태람!

무슨 크나큰 추태람!
나는 좁다란 중간에서 제 정신이 들었다.
나는 줄 수 있었잖은가
주었던 것이 아니라
내가 장난으로 받은 것을.

사랑스러운 기타여,
울려라, 울려!
쳐라, 집시여인이여, 무엇인가
애무도 몰랐고 안정도 몰랐던
헛되이 보낸 날들을 잊어 버리도록 하는 것과 같은 것을.

나는 알고 있다, 슬픔이 술 속에서 잠기지 않는다는 것을,
마음을 낮우지 못한다는 것을
황야와 파열로는.
그래서 나도 그처럼,
바지가랑이를 걷어 올리고,
콤소몰을 뒤쫓아 달려가고 싶은 것을.
(1924. 11)

어머니의 편지

이제 와 새삼스럽게
내가 무슨 생각을 해내랴,
이제 와 새삼스럽게
무엇을 쓰랴?
내 앞의 시무룩한 소탁자 앞에
한 통의 편지가 놓여 있다,
어머니가 부치신.

어머니는 쓰고 계신다—
"형편이 되거들랑 너,
크리스마스주간에 말이다
한 번 오너라.
나한테 목도리를,
아버지한테 바지를 사다 다오,
우리 집은
여간 옹색하지가 않구나.

네가 시인이라는 것이,
네가 좋지 않은 평판과

어울리고 있는 것이
나로서는 여간 뜨악하지 않구나.
어렸을 적부터
쟁기질이나 하여 밭을 가는 것이
훨씬 더 나았을 것을.

나는 늙어빠진데다
출면못하고 있다,
네가 아예
집에 있었을라치면
지금쯤 나는
며느리를 얻었을 것이고
이 밭 위에서
손자를 어르고 있었을 것을.

그러나 너는 세상에다
자식들을 마구 뿌려놓는데다
제 마누라를
쉽게 남에게 넘겨 주어 버리고

가정도 없는가 하면 벗도 없고
매인 데도 없이
너는 목로집의 소용돌이 속으로
송두리째 사라져 버렸다.

사랑하는 내 아들아,
도대체 어떻게 된 거냐?
너는 그처럼 얌전하였고
그처럼 겸손했었는데.
모두들 앞다투어 말하고 있었느니라—
알렉산드르 예세닌은
얼마나 행복한 사람이냐고 말이다!

우리들의 너에게 걸었던 기대는 물거품이 되고 말았구나,
가슴이
아프고 더없이 쓰라리구나,
네가 시를 써서
돈을 더 많이 줄 것이라고
아버지가

헛된 생각을 가지고 계셔서 말이다.

비록 네가 얼마를
벌지라도
너는 집에 부칠 사람이 아닌지라
그래서 한없이 가슴 아프면서도
말이 흘러나오는구나,
네가 겪은 것으로
나는 알고 있노라고—
시인들에게는 돈이 잡히지 않는다는 것을.

네가 시인이라는 것이,
네가 좋지 않은 평판과
어울리고 있는 것이
나로서는 여간 뜨악하지 않구나.
어렸을 적부터
쟁기질을 하여 밭을 가는 것이
훨씬 더 나았을 것을.

지금은 하염없는 슬픔뿐,
우리들은 마치 어둠 속에서처럼 살고 있고
말도 먹이고 있지 않단다.
하지만 네가 집에 있었을라치면,
아무런 어려움도 없었으련만,
아무튼 너는 영특하였는지라
군집행위원회의
위원장 자리쯤 틀림없었을 것을.

그렇게 되면 사는 것도 궤졌해졌을 것이고,
아무도 우리들을 쥐어짜지 않았을 것을,
너도 쓸데없는 피곤함을
몰랐을 것을,
나는 네 아내에게
베를 짜게 했었을 것을,
그리고 너는 아들로서
우리의 늙바탕을 편안하게 해주었을 것을."
....
나는 편지를 마구 구깃거리고,

나는 오싹 소름이 끼침을 느낀다.
그래 내 가슴 속에 숨겨진 길에는
출구가 없는 것인가?
그러나 생각하고 있는 모든 것을
나는 나중에 이야기하리라.
나는 말하리라
답장의 편지로…….

(1924)

답장

사랑스러운 할머니,
지금 살고 계시듯이 사세요.
나는 부드럽게 느끼고 있어요,
어머니의 사랑, 기억들.
그러나 어머니는
전혀 모르십니다 –
내가 무엇으로 살아가고 있고
세상에서 무슨 일을 하고 있는지만은.

지금 거긴 겨울.
달밤이면
나는 알고 있어요, 어머니는
이러 저런 생각을 하고 계시리라는 것을,
마치 누가
귀룽나무를 흔들어
창문가에다 눈을
뿌리고 있기라도 하듯이.

어머니, 나를 낳아 주신 어머니!

그래요, 휘몰아치는 눈보라에 어떻게 주무시기야 하겠어요?
굴뚝에서 그렇게 애처롭게
그렇게 질질 끌며 끙끙 앓고 있는데.
눕고 싶지만
보이는 것은 침상이 아니라
좁다란 널,
그리고─어머니가 묻힐.

마치 천 명의
코 막힌 소리로 부보제副輔祭들이 울듯이 노래 부르고 있는 것처럼
굴뚝이 끙끙 앓고 있고─
요 망할 놈의 눈보라 같으니라구!
눈은
동전처럼 내려 쌓이며
널 뒤에는
아마도 벗도 없어요!

나는 가장

봄을 좋아해요.
내달리는 격류에 의한
범람을 좋아해요,
큰 배 같은
하나 하나의 나무조각엔
눈이 비치지 못할 만큼의
광활함이.

그러나 사랑하는
그 봄을
나는 위대한 혁명이라고
일컫고 있습니다!
오직 봄에 대해서만
괴로워하며 슬퍼할 뿐이고
이 봄 하나만을
나는 기다리며 부르고 있어요!

그러나 이 역겨움 –
차가운 위성!

그것은 태양 레닌으로도
지금으로선 녹일 수 없어요!
그래서
시인의 병을 앓는 마음으로써
나는 소란을 피우고
개구쟁이 짓을 하고 노래를 하기 시작했죠.

그러나 사랑하는 내 어머니!
때가 올 겁니다,
바라던 때가 올 겁니다!
저 자는 대포가에
이 자는 펜가에
우리들이 앉아 있었던 것은
괜한 것이 아니에요.

돈일랑, 어머니, 잊어 버리세요,
모든 것을 잊어 버리시라고요.
파멸이라니요, 어떤?!
그것이 어머니, 어머니라고요?

나는 암소가 아니고
말이 아니고 당나귀가 아니잖아요.
하필이면 내가
마구간에서 끌려 나와야 한다니요!

나는 나갈 거예요, 자신이.
그때가 오면,
위성을 태우게 될
그때가 오면
그리고 돌아가면서
어머니한테는 플라토크*를 사가고
뭐, 그리고 아버지한테는
그것을 사가겠습니다.

지금은ㅡ 눈보라가 몰아치고 있어요,
그리고 요것이 천 명의 부보제의
우는 소리로 노래를 부르고 있습니다ㅡ

---

* 숄, 스카프, 목도리 등을 총칭하는 러시아어.

요 망할 놈의 눈보라가.

눈은

동전처럼 쌓이며

널 뒤에는

아내도 벗도 없고요.

(1924)

스탄스

P. 차긴에게

나는 내 재능에 대하여
많이 알고 있다.
시— 그것은 그리 크게 힘든 일이 아니다.
그러나 무엇보다도 가장
정든 고향에 대한 사랑이
나를 지치게 하였고
괴롭혔으며 불태웠다.

시나부랭이를 끄적거리는 것쯤
아마 누구나 다 할 수 있을 것이다 —
아가씨에 대하여, 별들에 대하여, 달에 대하여……
그러나 내 심장을 갉아대고 있는 것은
다른 감정이다,
다른 생각이
내 두개골을 짓누르고 있다.

나는 소리꾼이,
시민이 되고 싶다,

누구에게나
자랑과 본보기가
위대한 소비에트연방에서
의붓자식이 아닌
참된 것이게.

나는 모스크바에서 오랫동안 도망쳐 나와 있었다—
나는 경찰들과 사이 좋게 지내는
재주를 가지고 있지 않다,
내가 술을 마시고 소동을 하면
으레 그들은 나를
호랑이 우리에 가두곤 하였다.

요런 시민들의 우의에 감사하고는 있지만
그곳의 벤치에서 잔다는 것,
그리고 비참한 카나리아의
새장 신세에 대하여
술 취한 목소리로
그 어떤 시구를 왼다는 것도

참절하기 이를 데 없다.

나는, 이봐요들, 수카나리아가 아니다!

나는 시인이다!

글쎄 데미안인지 뭔지 하는 것들에 견주어서야 안되지.

이따금은 술에 취하곤 하게 하여라,

그 대신 나의 두 눈엔

이상야릇한 안식眼識의 빛이 번뜩이는 것을.

나는 모든 것을 보고 있고

똑똑히 알고 있다,

새로운 시대인가 하는 것은―

그대들에겐 쓸데없는 것이 아님을,

레닌의 이름이

고을마다 바람처럼 떠들썩하게 야단법석을 떨고 있다,

마치 물레방아의 날개처럼

신념을 전진시키면서.

빙글빙글 돌고 돌아라, 귀여운 사람들이여!

그대들을 위하여 이익이 약속되어 있다.

나는 그대들에겐 조카요,

그대들은 나에게 모두 아저씨들이다.

자, 세르게이,

마르크스 앞에 얌전히 앉자구나,

따분한 글줄의

온오함을 조금 냄새맡자구나.

세월은 개천처럼

안개 낀 강으로 달려가고 있다.

종잇장 위의 글자들처럼

도시들이 어른거리고 있다.

최근에 모스크바에 있었지만

지금은 이처럼 바쿠에 있다.

챠긴은 우리들이 알려 주고 있다,

채취의 자연현상을.

"보라," 하고 그는 말하고 있다.

"바로 저 시커먼 석유의 분수 쪽이

교회들보다 더 좋지 않느냐,

우리들에겐 신비로운 안개에 진력났다,
시인이여, 읊어라,
더 튼튼하고 더 발랄한 것을."

페르시아 모포 같은
물 위에 뜬 석유,
그리고 저녁이 하늘에
별의 가마니를 흩뿌렸다.
그러나 나는 진실한 마음으로
맹세할 채비가 되어 있다,
바쿠의 별들보다도
등불들이 더 아름답다고.

나는 공업의 힘에 대한 생각으로 차 있다.
나는 인간의 힘의 목소리를 듣고 있다.
천체는 이것이고 저것이고 모두
우리들에겐 이제 그만−
우리들은 지상에
그것을 더 단순하게 만들어야 한다.

그리고는 나 스스로
목을 긁적이면서
나는 말한다―
"우리들의 기한이 닥쳤다,
자, 세르게이,
마르크스 앞에 얌전히 앉자구나,
따분한 글줄의 온오함을
풀기 위하여."
(1924)

봄

발작은 끝났다.
슬픔은 지나가 버렸다.
다른 인생을 첫 꿈처럼 받아들이리라.
어제 나는 《자본론》 가운데서 읽었다,
시인들에게는
그들의 법칙이 있노라고.

눈보라는 지금
비록 귀신처럼 울부짖으며
벌거벗은 익사자처럼 부딪치고 있을지라도–
깨어 있는 머리를 가진 나는
기운이 넘친 명랑한 타바리시치*이다.

썩어 문드러져가는 것을 아까워할 것이라고는 하나도 없다,
그리고 또 나를 아까워할 것도 없다,
내가 얌전히 죽을 수 있다면
이 휘몰아치는 눈보라 속에서.

---

* 동무, 친구를 뜻하는 러시아어

짹짹거리고 있는 박새야!

안녕!

두려워하지 말라!

나는 너를 건드리지 않으리라.

울타리 위에

새의 법칙에 좇아 앉아 있는 것이 좋다면.

우주에는 회전법칙이 있다,

그것은 목숨이 있는 것들 사이의 관계인 것이다.

네가 만일 한 초가집의 사람들과 함께,

자고 앉고 할

원리를 가지고 있다면.

안녕,

나의 가여운 단풍나무야!

내가 너에게 모욕을 준 것을 용서해다오.

네 옷은 누더기가 되었구나,

하지만 새 옷이

입혀지게 될 것이니라.

말이 없더라도 사월이 너에게
푸른 모자를 주리라,
그리고 조용히
두 팔로 부드럽게
덩굴나무가 너를 그러안을 것이니라.

그리고 처녀가 너를 찾아와,
샘물로 씻어 줄 것이니라,
잔인한 사월에,
눈보라와 싸울 수 있도록.

밤중에
달이 떠오를 것이다.
개들이 그것을 먹어 치웠던 것은 아니다―
그것은 다만 보이지 않았을 따름이다
인간들이
피를 흘리며 싸우는 통에.

하지만 싸움은 끝났다……

그리고 보라—
달은 녹색의 옷으로 갈아입은 나무에
레몬색의 빛으로
울려 퍼지는 광휘光輝를 뿌리리니.

자, 노래를 불러라, 나의 가슴이여,
봄 노래를!
새로운 시귀로
물결치게 하라!
나는 지금 잠이 와,
수탉들과
손을 끊지는 않으리라.

대지여, 대지여!
너는 쇠붙이가 아니다.
쇠붙이는
싹이 트지 않잖은가.
행간行間에
들어설 만큼 들어서자

별안간

《자본론》이 이해된 것이다.

(1924. 12)

손을 잡아당기면서

손을 잡아당기면서 미소를 일그러뜨리지 마라, –
나는 다른 여자를 사랑하고 있다, 다만 네가 아닐 뿐이다.

너도 알고 있지 않느냐, 잘 알고 있을 것이다 –
내가 보고 있는 것은 네가 아니다, 너를 찾아온 것도 아니다.

나는 지나쳐 온 것이다, 가슴이 설레지는 않는다 –
그저 창문을 들여다보고 싶었을 뿐이다.

(1925)

바람, 은빛 바람이 휘파람을 불고 있다

바람, 은빛 바람이 휘파람을 불고 있다,
눈이 들레는 비단의 살랑거리는 소리 속에서.
처음으로 나는 자신 속에서 알아챘다―
난 그렇게는 아직 한 번도 생각한 적이 없었다고.

창문이 축축한 습기로 젖어 있더라도
나는 애달파하지 않는다, 나는 슬프지도 않다.
나는 어떻게 되었거나 이 삶이 마뜩했다,
마치 애초부터 그랬듯이 마뜩했다.

여자를 살포시 미소를 띄고 쓱 볼라치면 ―
나는 그만 흥분한다. 얼마나 아름다운 어깨인가!
트로이카가 흔들흔들한 길을 내달려 지나간다치면―
나는 어느새 그것을 타고 더 멀리 내닫는다.

오, 나의 행복과 모든 행운이여!
대지에는 인간의 행복을 좋아한다.
지상에 비록 한 번 일지라도 울음을 터뜨리는 사람이 있을
것 같으면

그것은 행운이 옆으로 지나가 버렸다는 것이다.

더 편하게 살아야 한다, 더 소박하게 살아야 한다,
이 세상에 있는 모든 것을 받아들이면서.
바로 그래서 어리둥절 정신을 잃고 수풀 위에서
바람, 은빛 바람이 휘파람을 불고 있다.
(1925. 10. 14)

아, 대단한 눈보라, 제기랄, 빌어먹을!

아, 대단한 눈보라, 제기랄, 빌어먹을!
지붕에 흰 못을 박고 있다.
나는 전혀 무섭지 않다. 내 운명 속에서
나는 방탕한 심장을 너에게 못 박을 테니까.
(1925)

눈의 평원, 흰 달

눈의 평원, 흰 달.

우리 고장은 수의로 덮여 있다.

자작나무들도 흰 옷을 입고 숲이 그리워 울고 있다.

누가 여기에서 죽은 것일까? 죽었다고?

설마 나 자신은 아니겠지?

(1925)

너 나의 잎이 다진 단풍나무여

너 나의 잎이 다 진 단풍나무여, 얼어붙은 단풍나무여,
어찌 허리를 구부리고 하얀 눈보라 밑에서 있느냐?

혹은 무엇인가를 보았느냐? 혹은 무슨 소리 인지를 들었느
냐?
마치 동구 밖으로 바람을 쐬러 나온 것 같구나.

술 취한 야경꾼처럼 큰길로 나가다가,
눈 구덩이에 빠져 한 쪽 발이 언 것이리라.

아, 나 자신도 오늘 밤은 어쩐지 발에 힘이 없구나,
벗과 너무 많이 마셔 집까지 가지 못하겠다.

바로 저기에 버드나무가 보이고, 저기에는 소나무가 눈에
띈다,
눈보라 속에서 그것들에 여름의 노래를 큰소리로 불러 주
었다.

나에게는 나 자신이 똑같은 단풍나무처럼 여겨졌다,

다만 잎이 다 지지 않고 온통 짙푸르기만 한.

그리하여 겸손함을 잃고 완전히 멍청이가 되어,
남의 아내를 그러안듯이 자작나무를 그러안았다.
 (1925)

나의 길

삶은 강기슭의 일부가 되고 있다.
마을의 오랜 주민인
나는 이 고장에서 보아왔던 것을
기억하고 있다.
나의 시여,
차분히 이야기하여 다오.
나의 삶에 관하여.

농가.
타르의 묵직한 냄새,
낡은 공소,
등잔의 얌전한 불빛.
어렸을 적의 느낌 그 모두를
내가 간직하고 있었음은
얼마나 좋은가.

창문 밑에는
흰 눈보라의 모닥불.
내 나이는 아홉 살.

페치카 위의 침상, 할머니, 수고양이……
그리고 할머니는 무엇인가 슬픈
대초원의 것을 노래하고 있었다,
때때로 하품을 하고
자기 입에 성호를 긋고 하면서.

눈보라가 울부짖고 있었다.
창문 밑에서
마치 시체들이 춤을 추고 있기라도 하듯 하였다.
그때에는 제국은
일본과 전쟁을 하고 있었고,
그리고 모든 사람에게 저 멀리 십자가들이 아련히 보이고
있었다.

그때에는 나는 모르고 있었다,
러시아가 나쁜 짓을 하고 있는 것을.
모르고 있었다, 왜,
어째서 전쟁인지를.
농부들이 거두고 있던

곡식을 파종하고 있던
랴자니의 들판이
내 고장이었다.

나는 그저 기억하고 있을 뿐이다,
농부들이 투덜거리고 있었고,
악마에게, 신에게, 황제에게
욕지거리를 퍼부어대고 있었을 뿐이었음을
그러나 그들에게는 대답으로
우리의 엷은
레몬빛의 노을이
저 멀리서 미소를 짓고 있을 뿐이었다.

그때에 처음으로
나는 압운押韻과 엉켜 버렸다.
이런저런 주체궂게 많은 감정으로
머리가 기쁨으로 어리벙벙하였다.
그리하여 나는 말했다—
만일 이러한 열망이 눈뜰 것 같으면

온 넋을 말로 쏟아 부으리라 하고.

먼 옛날,
지금은 안개 속에서처럼 아련하구나.
할아버지가 나에게
말씀하셨던 것을 기억하고 있다—
"부질없는 짓거리 ……
뭐, 하지만 끌리거들랑—
호밀에 관해서 쓰거라,
하지만 수박에 관해서 더 많이 쓰고." 하고.

그때에 뇌 속으로
짓눌려 있던 뮤즈에 대한 열정처럼
남모르게 조용히
나는 될 것이다.
유명하고 부유한 사람이,
그리고 내 기념비가
랴자니에서 세워질 것이다라는
꿈이 흘러 나왔다.

열다섯 살에
나는 오장육부에 이르기까지 사랑에 빠졌다,
그리고 달콤히 생각하며
그저 틀어박혀 있을 뿐
나는 여러 처녀들 가운데에서
이 가장 좋은 처녀한테
커서 장가를 들리라 하고.
....

세월은 흘렀다.
세월은 사람들을 바꾸어 놓고 있다−
그들에게는 다른 빛이
떨어지고 있다.
마을의 몽상가−
나는 서울에서
일류 시인이 되었다.

그리고 작가생활의 넌더리에
병이 나,

나는 여러 나라 사이에서
떠돌러 나섰다.
만남을 믿지 않고,
이별에 애달지 않는가 하면
온 세상을 속임으로 여기면서.

그때에 나는 깨닫했다.
러시아가 무엇인가 하는 것을.
나는 명성이 무엇인가 하는 것을.
그래서 내
넋 속에 슬픔이
쓰디쓴 독약처럼 들어왔다.

내가 시인이라는 것,
도대체 딱 질색이다!……
깽비리의 유복함 속에 나는 없다.
내가 지쳐 뻗게 하라,
다만……
아니다,

랴자니에 기념비를 세우지 마라!

러시아 …… 싸리의 나라……
우수 ……
그리고 귀족계급의 너그러움.
좋다!
그렇게 받아들여라, 모스크바여,
절망적인 난폭한 행위를.

좀 보자꾸나―
누가 누구를 강탈할 것인지를!
바로 내 시 가운데로
경박한 번쩍번쩍 윤이 나는
인간 쓰레기 속에
랴자니의 암말의 오줌으로
가득 채웠다.

마뜩하지 않다고?
그렇겠지, 당신이 옳아―

로리간*에
그리고 장미꽃에 길들어……
그러나 너희들이 걸근걸근 먹어대고 있는
이 빵은
실은 우리들이 바로 그것을
똥오줌으로……

또 세월은 흘렀다.
세월 속에는
시로 다 말할 수 없는
무엇인가 그러한 것과 같이 있었다─
제정과 교대하여
막강한 힘을 가진
노동자의 군대가 나타났던 것이다.

여기저기 낯선 고장을
떠돌아다니는 것에 지치자

---

* 프랑스 향수의 상표. 여기에서는 우아함, 고상함, 세련됨의 특징.

나는 돌아왔다,
고향의 집으로.
흰 치마를 걸치고
푸른 머리채를 늘어뜨린
자작나무 한 그루가 못 위에 서 있다.

아, 자작나무여!
더 없이 아름다운…… 그런데 그 가슴……
여자들에게서도 그러한 가슴을
찾아내지는 못할 만큼의.
들판에서 해가 끼얹혀진
사람들이
내 쪽을 향하여 오고 있다
달구지들에 호밀을 싣고.

그들은 나를 알아보지 못한다,
그들에게 나는 한 과객일 뿐이다.
그러나 바로 여기 할머니가
눈길도 돌리지 않고 지나가고 계신다.

말 못할 전율의
그 어떤 전류들
나는 온 등판에서 느낀다.

아니, 그래 할머니가?
아니, 그래 못 알아보셨단 말인가?
뭐 그러면 그러시라지,
지나가시게 하는 거다……
내가 없어 할머니에게는
쓰라림이 적지 않으시다―
입이 저렇게 고난에
찌든 것도 무리가 아니다.

저녁에
눈의 싸늘함을
알아채지 못하게
모자를 푹 눌러쓰고는, ―
말끔히 베인 대초원을 보고
실개울이 졸졸거리는

소리를 들으려고
나는 돌아다닌다.

뭐 어쩌겠는가?
젊음은 지나가 버린 것을!
내가 일에
착수하여야 할 때이다.
짓궂은 마음이
이미 곰곰이 생각하여 노래하기 시작한 것과 같은.

마을의 딴 삶이
새로운 힘으로
나를 가득 채우게 하라,
전에
사랑하는 러시아 암말이
영광으로 이끌었듯이.
(1925)

비난의 눈초리로

비난의 눈초리로 나를 보지 마라,
나는 너에게 대한 경멸을 숨기지 않는다,
그러나 너의 음침하면서도 정이 담긴 시선과
너의 능갈친 얌전함을 나는 좋아한다.

그렇다, 너는 사자(死者)의 시늉을 하고 있는 여자 같다,
나는 보기를 기뻐하고 있는지도 모른다,
암여우가 죽은 시늉을 하고 있다가,
어미 까마귀와 새끼 까마귀를 잡는 것을.

뭐 어떠랴, 잡아라, 나는 두려워하지 않는다.
다만 너의 불길이 꺼지지 않을 수만은 없을까, ㅡ
나의 식어 버린 넋은
그러한 여자들을 한두 번 만난 것이 아니다.

소중한 여인이여, 나는 너를 사랑하지 않는다,
너는 메아리일 뿐이다, 그림자일 따름이다.
나는 네 얼굴의 다른 여자를 꿈에서 보았다,
암비둘기의 눈을 한.

그녀가 얌전하게 보인다면 그것은 큰 잘못이다
겉으로는 매정한 여자로 보일지도 모른다,
그러나 그녀는 의젓한 걸음걸이로
내 넋을 밑바닥까지 흔들어놓고 말았다.

그러한 여자를 속이지는 못하는 법이다,
생각하고 싶지 않지만 마음은 어느 틈엔지 생각하고 있다,
뭐, 하지만 너는 가슴 속으로라도
애무로 가득 찬 거짓말을 하지는 않으리라.

그러나 여전히 너를 얕잡아보면서,
나는 어리둥절하게 언제나 고백하리라 ─
설사 지옥과 천국이 없었을지라도,
인간 자신이 그것을 생각해냈을 것이리라는.
(1925)

너는 나를 사랑하지 않는다,
가여워하지 않는다

너는 나를 사랑하지 않는다, 가여워하지 않는다,
그래 내가 조금은 잘생겼다고 여기지 않은 거냐?
얼굴을 보지 않고 정염으로 도연해 하고 있다,
내 두 어깨에 팔을 걸치고.

젊은 여인아, 육감적인 입을 벌리고 이를 드러내고 있는데
나는 너에게 살갑지도 않고 거칠지도 않다.
말하여 보라, 얼마큼의 사내를 애무했었는지?
얼마큼의 사내들의 팔을 기억하고 있는지? 그리고도 얼마
큼의 입술을?

나는 알고 있다— 그놈들은 그림자처럼 그냥 지나가 버렸
음을,
네 불을 건드리지도 않고,
너는 수많은 사내들의 무릎 위에 앉았었지만
지금은 바로 내 무릎 위에 앉아 있구나.
네 두 눈이 반쯤 감겨있은들 어떠랴,
너는 그 어떤 딴 사내를 생각하고 있는 것을,

나 자신은 너를 그리 크게 사랑하고 있지 않잖느냐,
믿고 있는 딴 여자에게 빠져.

이러한 열정을 운명이라고 일컫지 마라,
성마른 관계는 경솔한 것, —
어쩌다 우연히 너와 만났던 것,
차분히 헤어지면서 미소를 지으리라.

그렇다, 너도 네 갈 길을 가겠지,
쓸쓸한 나날을 흩뿌리려고,
입맞춤을 모르는 사내들에게만은 손을 대지 마라,
불탄 적이 없는 사내들만은 유혹하지 마라.

그리고 네가 딴 사내와 사랑에 대하여 지껄이면서
골목길을 지나갈 때
어쩌면 내가 산책을 나왔다가
너와 다시 만날는지도 모른다.

어깨에 바짝 붙어 딴 사내에게 등을 돌리고 나서

몸을 조금 아래로 구부리고
네가 작은 목소리로 "안녕하세요!"라고 말하면
나는 "안녕, 미스."하고 대답하리라.

마음을 어지럽히는 것은 아무것도 없으리라,
아무것도 마음을 떨게 하지는 않으리라, −
한 번 사랑했던 사람은 이제 사랑할 수 없다,
한 번 불타 버린 사람을 태우지는 못하는 것.
(1925. 12. 4)

잘 있거라, 벗이여

잘 있거라,
나의 벗이여, 잘 있거라.
사랑스러운 벗이여, 너는 나의 가슴 속에 있다.
운명적인 이별은 내일의 만남을 약속한다.

잘 있거라, 나의 벗이여, 손도 못 잡고 말없는 이별이지만
한탄하지 말고 슬퍼하지 말라, 눈살을 찌푸리고 ─
이 인생에서 죽는다는 건 새로울 게 없다.
히지만 산다는 것도 물론 새로울 게 없다.
(1925)

부록

✤

자신에 대하여

나는 1895년 9월 21일 랴자니도 랴자니군 쿠지민스카야면 콘스탄티노보 마을에서 태어났다.

두 살 때부터 나는 상당히 부자인 외조부 손에서 자랐는데, 외조부에게는 장성한 세 명의 장가들지 않은 아들이 있어서 나의 유년 시절 거의 모두를 그들과 함께 보냈다. 외삼촌들은 난폭했고 모험심이 강했다. 그들은 세 살 반 된 나를 안장도 얹지 않은 말에 앉혀 곧장 달리게 했다. 흔들거려 말 어깨뼈 사이에 튀어나온 부분을 꽉 붙잡았던 것을 나는 기억하고 있다. 그런 다음에는 나에게 수영을 가르쳐 주었다. 한 외삼촌 (사샤 삼촌)이 나를 보트에 태워가더니 해안에서 멀리 떨어진 곳에서 옷을 벗겨서는 강아지 던지듯 물속에 던져 버렸다. 헤엄칠 줄 모르는 나는 깜짝 놀라서 두 팔을 허우적거렸다. 질식

할 때까지 그는 계속 소리를 질렀다. "에이! 악당아! 네 따위가 무얼 하겠냐? ……" '악당'은 그에게 있어서 애칭이었다. 그 뒤 여덟 살 가량 되었을 때, 나는 다른 외삼촌을 위한 사냥개로 바뀌어 총 맞은 오리들을 쫓아 호수를 따라 헤엄치고는 했다. 나는 나무를 썩 잘 탔다. 아이들 가운데는 두목과 싸움패가 있기 마련이어서 나는 자주 찰과상을 입었다. 외할머니 한 사람만이 난폭하다고 야단쳤고, 외할아버지는 이따금 스스로 싸움을 부추기며 할머니에게 이렇게 말하고는 했다. "자넨 바보야, 그 애를 그냥 내버려 둬, 아주 강해질 테니까!" 외할머니는 있는 힘을 다하여 날 사랑했는데 외할머니의 애정에는 끝이 없었다. 토요일마다 목욕시켰고 손톱과 발톱을 잘라 주었으며 램프 기름으로 머리를 다듬어 주고는 했는데 그 이유는 고수머리를 빗만으로는 빗을 수가 없었기 때문이었다. 나는 목청껏 소리를 질러댔고 토요일에 대해 어떤 불쾌감마저 느끼게 되었다.

나의 유년 시절은 그렇게 지나갔다. 내가 조금 자라자 그들은 몹시 나를 마을학교 선생을 만들고 싶어 했다. 그래서 신학교에 보내져, 졸업 후 모스크바 교육대학에 입학해야만 했으나, 다행히도 그런 일은 일어나지 않았다.

나는 시를 일찍이 아홉 살 무렵부터 쓰기 시작했지만, 의식적인 작품은 열 여섯, 일곱 때부터였다. 이 나이 때의 몇몇 작품은 『초혼제招魂祭』에 게재하였다.

열 여덟 살 때 시를 잡지에 기고하였는데 그것들이 실리지 않은 데에 놀란 나는 페테르부르그로 떠났다. 거기에서는 아주 친절하게 맞아주었다. 내가 만난 첫 번째 사람이 불로크이고, 두 번째 사람이 고로데쓰키였다. 블로크를 보았을 때 땀이 났는데, 그 이유는 살아 있는 시인을 처음 보았기 때문이었다. 고로데쓰키는 클류예프와 인사를 시켜 주었는데, 그에 대해서는 일찍이 들어본 적이 없었다. 심리적인 갈등 속에서도 클류예프와의 우정은 깊이 맺어졌다.

그즈음 나는 쉬아냐프스키 대학에 입학하여 거기서 1년 반을 머무른 뒤, 다시 시골로 떠났다.

대학에서는 시인 세메노프스키, 나세드킨, 콜로콜로프, 필립첸꼬와 알게 되었다.

동시대 시인들 가운데 블로크, 벨르이, 클류예프가 가장 마음에 들었다. 벨르이는 나에게 형식이라는 의미에서의 많은 것을 주었고, 블로크와 클류예프는 서정시풍을 가르쳐 주었다.

1919년 나는 몇몇 친구들과 함께 이미지즘의 성명서를 발표하였다. 이미지즘은 우리가 주장하기를 원했던 형식주의파였다. 그러나 이 파는 기반을 갖지 못한 데다 본질적인 형상을 위하여 진리를 유보함으로써 자멸해 버렸다.

나는 나의 많은 종교시와 서사시를 기꺼이 버렸다. 하지만 그것들은 혁명전의 시인의 길로서 큰 의미를 갖는다.

여덟 살 때부터 외할머니는 나를 여러 수도원에 데리고 다녔는데, 외할머니 때문에 우리 집에는 온갖 순례자들이 끊임

없이 머물렀다 가곤 했다. 그들은 여러 가지 종교시를 노래했다. 외할아버지는 반대였다. 그는 술을 아주 좋아했다. 그의 쪽에서는 영원한 면사포를 쓰지 않는 결혼식이 거행되고 있었다. 나중에 시골을 떠나면서 나는 자신의 오랜 습관을 정리하게 되었다.

혁명 시기에는 완전히 10월 혁명 편이었으나, 모든 것을 자기 나름으로 농민 쪽에 서서 받아들였다.

형식적인 발달이라는 의미에서 나는 점점 더 푸쉬킨에게로 이끌린다.

나머지 자전적自傳的인 지식에 관한 것은 내 시 속에 들어 있다.

1925년 10월

세르게이 예세닌

예세닌에 대하여

박형규 朴炯奎

1

세르게이 알렉산드로비치 예세닌은 국민시인이다. 더 러시아적인 작가를 말하기 어려울 만큼, 그의 시 속에는 러시아의 운명이, 슬픔과 기쁨이 들어 있다.

예세닌은 민중시인이다. 민요에 가까운 그의 시, 어휘뿐만 아니라 모든 내용에 의해 예세닌은 민중시인이다.

예세닌은 복잡한 시인이다. 어쩌면 가장 복잡한 시인 가운데의 한 사람일 것이다. 그의 매력의 본질은 어디에 있는가 하는 문제에 답하기는 간단하지 않다. "시를 위하여 세상의 모든 살아 있는 것에 대한 사랑과 인간으로서 마땅한 자비를 표현하기 위하여, 자연에 의해 특별히 창조된 기관器官과 같은 사람이다"라고 고리키는 말하고 있다.

예세닌의 서정시가 가지고 있는 매력의 비밀은 자비로운 인정에 있다. "나는 생각한다. 대지가 얼마나 아름다우며, 그 대지 위의 인간들이 또 얼마나 아름다운가! 전쟁으로 인한 불행한 불구자들이 얼마나 많은가! 를". 서사시 「안나 스네기나야」 가운데에서 진정한 평화의 시인 세르게이 예세닌은 이렇게 쓰고 있다.

암소가 우는 가난한 시골구석, 자작나무, 술집, 러시아의 공업화, 카프카즈와 랴자니, 몰도바인과 그루지야인, 초원과 여자…… 이 모든 것이 그의 시의 대상이었다. 이러한 모든 것은 그 자신과 결합되어 있었고 그 자신을 통해 전해졌다. 인간 속에 내재해 있는 것 모두가 그의 감정을 동요시켰다. 그는 이야기 되지 않은 것에 대해 말했으며, 인간의 마음속에 아직 생겨나지는 않았지만 생겨날 것을 자기 시에서 다루고 있다.

2

서른 살에 세상을 떠나면서 예세닌은 훌륭한 유산을 남겨주었다. 그의 재능은 서정시에서 특히 선명하게 발견된다. 그는 강한 시적詩的인 자아발견이라는 비길 데 없는 재주, 그리고 마음 속에 일어난 정답고 친밀한 분위기와 가장 섬세한 뉘앙스를 포착하여 전달하는 재주를 가졌다.

사랑하는 고향 땅이여! 내 가슴은
호수 한복판 속 태양의 건초더미를 꿈꾼다.
수백 가지 소리 들리는 너의 푸르름 속에서
나는 넋을 잃고 싶어라.
....
이루 말할 수 없는, 푸른, 보드라운……
폭풍우 뒤에, 뇌우雷雨 뒤에 나의 고향 땅은 조용하다
그리고 나의 영혼은 - 끝없는 들판 -
꿀과 장미 냄새를 맡는다.

연못 속에 비친 자작나무, 타작마당을 치우는 늙은 할아버
지의 턱수염에 해 그림자가 비치는 것 등…… 민중시적 형상
의 세계가 어렸을 적부터 그를 둘러싸고 있었다.

풀담요 속에서 나는 노래와 더불어 태어났다.
봄의 여명이 나를 무지개로 감싸주었다.

나는 성숙기까지 자랐다. 요한 축일 밤의 손자,
마녀가 나에게 행운을 예언했다.

고향에 대한 사랑, 아주 생생하고 정확한 비유로 표현된 자
연에 대한 아름다운 감정, 주위의 아름다움이 너무 빨리 지나
가 버리는 데 대한 슬픔, 그리고 인간이 일생에 단 한번 도달

하는 비길 데 없는 매력 속에 용해되는 듯한 희망이 그의 시 속에는 들어 있다.

새벽의 모닥불, 파도소리, 은빛 달, 갈대소리, 드넓은 하늘, 푸르른 호수 수면 − 세월이 흐를수록 고향의 온갖 아름다움과 러시아 땅에 대한 풍만한 사랑이 시 속에 쏟아졌다.

오, 러시아여 − 산딸기의 들판
그리고 강에 내려앉은 푸른 빛이여, −
기쁘고 아플 때까지 나는
너의 호수의 우수를 사랑하리라 ……

그의 모든 작품에는 강한 서정시풍이 스며들어 있다. 조국의 운명과 자연에 대한 시에도, 사랑의 시에도.

예세닌에게 있어서 자연은 움직이지 않는 풍경의 배경이 아니라, 늘 살아 움직이며 인간의 운명과 역사적 사건에 뜨겁게 반응한다. 자연은 시인이 좋아하는 주인공이다. 투르게네프, 톨스토이, 숄로호프의 자연의 풍경 속에서 우리를 흥분시키는 것과 비슷한 무엇인가가 예세닌의 자연 속에는 들어 있다. 예세닌의 언어 회화의 기술은 모두 자연의 아름다움과 생명창조력을 독자로 하여금 느끼게 하려는 한 가지 목적에 바쳐져 있다.

자연묘사에 민요를 많이 이용하고 있는 예세닌은 종종 다음과 같은 의인법을 쓰고 있다−벚꽃이 "흰 망토를 입고 잔다", 버드나무 가지가 "울고 있다", 포플러가 "소곤댄다", "졸린 대지가 태양에게 미소 짓는다", "눈보라가 집시의 바이올린처럼 흐느낀다"느니 하는 등.

예세닌의 시적 재주, 그의 작품의 사상, 미학적 의미, 국민시의 전통과 러시아 고전과의 밀접한 관계가 그의 시 속에 점차 충분히 그려져 나아갔다.

어렸을 때 처음 『이고리 군기軍記』를 읽고서 강한 인상을 받았고, 러시아 영웅서사시, 레르몬토프와 네크라소프, 니키친과 콜리쏘프, 페트와 쮸체프의 시를 암송하기도 한 그에게는 푸쉬킨과 고골리에 대한 특별한 감정이 있었다.

예세닌은 자기 식으로 개조하기는 했지만 블로크를 통해 집시−로맨스 모티프를 파악하였고, 벨르이에게서 현대의 종교적 상징뿐만 아니라 시의 운율을 배웠으며, 그의 문학발달에 있어서 클류예프의 영향관계는 특히 중요하다.

후기에는 더욱더 푸쉬킨의 소박함에 끌렸는데, 「페르시아 모티프」「어머니에게 부치는 편지」「어떤 여자에게 보내는 편지」「귀향」 등에서는 이 점이 분명히 느껴진다.

예세닌의 서정시에서 형용사 어구, 비유, 은유는 형식을 위함이 아니라 사상과 내용을 좀더 충분하게, 좀더 깊이 발견하기 위해서이다.

현실성, 구체성, 감성은 구성에 있어서의 특징이며, 형상의 형이하학에로의 지향−이것은 그의 문체를 특징짓는 가장 중요한 모멘트 가운데의 하나이다.

감정과 언어, 사상과 형상의 놀라운 하모니, 시의 외형과 내적 감동의 통일은 가히 압도적이라 하겠다.

3

예세닌의 시대는 러시아 역사에 있어서 대변혁의 시기였다. 과거로 물러난 가부장적 러시아, 차리즘에 의해 세계대전의 구렁텅이로 휩쓸려 들어간 러시아로부터 혁명에 의해 변화된 러시아, 레닌의 러시아, 소비에트 러시아로—시인이 조국과 함께, 국민과 함께 간 역사의 길이 이러했다.

10월 혁명에 대한 예세닌의 태도는 두 가지 측면으로 구별된다. 첫째, 소비에트 정권의 정치적 인정과 혁명에 동조, 둘째, 프롤레타리아혁명의 본질의 현실적 인식, 레닌의 당 정책·계급투쟁의 성격·사적 유물론 철학의 이해. 그런데 이 모든 것은 당시 진보적 작가들에게만 존재했던 높은 사상발달의 수준을 전제로 하는 것이었다.

"혁명시기에는 완전히 10월 혁명 편이었으나, 모든 것을 자기 나름으로 농민 쪽에 서서 받아들였다"—라고 예세닌은 「자신에 대하여」라는 자서전적인 글에서 말하고 있다. 이 '농민 편향'은 시인의 세계관의 주관적 측면의 표현으로만 나타나는 것이 아니다. 작품 속에, 그의 견해 속에 나타난 현실적이고 구체적인 모순이 그의 정신분열증과 개성으로만 설명된 적이 있었으나, 이 모순은 현실적인 생활현상에 대한 깊고도 진지한 반영으로 나타난 것이었다.

예세닌의 시는 아주 드라마틱하고 진실하며, 심한 갈등과 극복할 수 없는 것처럼 보이는 깊은 모순으로 가득 차 있다.

혁명 초기에 예세닌은 자연을 예술 형상으로 나타내는 것, 인생과 다른 미학적인 문제에 대한 시의 관계에 특별한 흥미를 가졌었다.

그러나 시인의 사상·예술의 발달은 1919년부터 시작된 그의 작품에 끼친 이미지스트들의 유미주의적 문학 경향의 영향으로 억제되었다. 이미지스트들과 가까워지면서 예세닌은 자신의 미학원칙이 그들의 창작의도와 비슷하다고 생각했으나, 실제로 이미지스트들의 형식주의 작품은 예세닌의 시와는 꽤 달랐다. 그도 곧 이 사실을 감지해 1921년 봄, 이렇게 썼다. "내 동료들은 예술이란 예술을 위해서만 존재한다고 생각하는 것 같다…… 그러나 만일 내가 이런 말을 한다면 그들은 화를 낼 것이다. 그와 같은 예술접근은 진지하지 않다고…… 그들에게는 조국애가(이 말의 넓은 의미에 있어서의) 없다……."

서정시의 기본을 형성하고 있는 모든 밝고 아름다운 것들과의 갈등, 특히 혁명 이상과의 갈등 속에서 그는 놀랍도록 솔직하게 고백하고 있다.

나는 새로운 인간이 아니다!
숨길 게 무엇이 있겠는가?

나는 한쪽 다리로 과거 속에 남았다,
다른 한쪽 다리로 강철의 군대를 따라잡으려고 하면서,
미끄러져 넘어지고 있다.

「목로 술집 같은 모스크바」(1921~24) 계열의 일련의 시에서는 정신적 타락, 심각한 창작 위기의 증거로 혁명의 힘에 대한 불신을 토로하고 낙오된, 사회적으로 황폐해진 인간의 형상을 그리고 있다.

이제 나는 어머니에게가 아니라
생판 남인 웃음이 헤픈 인간쓰레기에게 말하고 있다―
"아무것도 아니다! 돌에 걸려 넘어졌다.
내일이면 다 나을 것이다!"

동시에 시인은 그를 둘러싸고 있는 삶 속에서 일어나는 의미를 알고자 한다.

오, 만약에 이 나무이파리들처럼,
깊은 곳에서 두 눈에 의해 싹이 틀 수 있다면.

이 시기의 몇몇 작품은 퇴폐, 세상에 대한 방종한 태도, 난폭하고 무뢰함을 지칭하는 '예세닌주의'라는 용어를 나타나게 한 동기가 된다. 당시의 진보적인 비평은 예세닌과 '예세닌주의'를 분리시키려 하였다.

예세닌은 러시아 농민의 생활을 잘 알고 있었는데, 바로 이 점이 그가 국민시인, 민중시인이 될 수 있게 하여 주며, 선명한 사실주의 작품에서 자기 시대의 주요 사건들에 대해 말을 할 수 있게 해 준다.

'농민 문제' 해결의 유일한 길 – 사회주의의 길이 역사에 의해 러시아에 주어졌다. 예세닌은 이것을 이성으로는 받아들이지만 감성으로는, 러시아 농민이 그 길 위에 서기란 쉽지도 간단하지도 않음을 느꼈다. 이 때문에 미래의 농촌에 대한 예세닌의 고뇌가 있다.

들판의 러시아여! 들판을 따라
나무쟁기를 질질 끌고 가는 것이 만족스럽구나!
자작나무들도 포플러나무들도
나의 빈곤을 보는 것이 고통스럽다.

나는 모른다, 나에게 무슨 일이 일어날는지……
어쩌면 나는 새로운 생활에 맞지 않을는지 모른다
그러나 나는 아직도 강철처럼
불쌍하고 빈곤한 러시아를 보고 싶다.

4

마야코프스키와 함께 예세닌은 전 소비에트 시인들 가운데
서도 가장 유명한 시인이다.

30년대 중반 루마니아에서 예세닌의 시가 번역되어 나오자
진보적인 신문 휴머니즘은 "고통받는 이, 폐허 속에 살고 있
는 이, 공장과 항구에 흩어져 있는 이, 사회 정의를 사랑하고
훌륭한 시를 사랑하는 모든 이에 의해 읽혀졌다"고 평했다.
다시 말해서 당시 부르주아적인 루마니아에서 예세닌은 사회
통신으로, 민중시인으로 이해된 것이다.

약 10년 뒤 이탈리아 작가 카를로 레비는 문학 신문에 실린
자신의 논문 (1955.12.15)에서 이렇게 쓰고 있다.

"네 명의 러시아 작가가 후기 이탈리아 문학 전체에 큰 영
향력을 끼쳤다. 이 네 작가는 톨스토이, 도스토예프스끼, 체
호프, 그리고 예세닌이다."

프랑스 작가 루이 아라공은 『프라브다』지(1925.10.21)에 세
계의 빛나는 시인들의 이름을 열거하면서, "…… 러시아에는
마야코프스키와 예세닌이 있다"라고 결론짓고 있다.

알렉세이 톨스토이는 예세닌이 죽었을 때(1925.12.28) "가
장 위대한 시인이 죽었다…… 그의 시는 마치 그의 마음의 보
물을 두 줌 뿌린 것과 같다"고 쓰고 있다.

예세닌의 비극적인 종말은 이와 비슷한 종말이 거의 모두
그러했듯이 일련의 상황의 결과이다. 그 상황들 가운데 중요
한 것은 그가 살아가는 동안 부닥친 생활의 어려움 앞에서의

무방비성이었다. 예세닌은 몹시 감수성이 강한 시인이었으므로, 어쩌면 갑작스레 나타난 고통·실망·정신적인 피로의 영향을 받아 생명을 끊었을지도 모른다.

※ 이 책의 번역 텍스트로는 1990년 모스크바 소비에트 러시아 출판사와 현대인 출판사 판 『세르게이 예세닌, 작품집, 전 2권』을 썼다. 작품은 발표 연대순에 좇아 배열했다.

세르게이 예세닌 연표

1895년 예세닌, 랴자니도 랴자니군 쿠지민스크면 콘스탄티노보 마을(지금의 랴자니 주 르이브노프 지구)의 농민 알렉산드르 니키티치 예세닌의 가정에서 태어남. 유년시절을 마토보카라고 일컫는 마을의 다른 부분에서 외할아버지와 외할머니 한테서 지냄.

1904년 (9세) 예세닌, 마을의 지방자치회립 초등학교 입학. 시를 쓰기 시작함. 다섯 살에 읽기를 익힘.

1909년 (14세) 예세닌의 부모는 그를 마을의 교사로 만들고 싶어하여 마을의 지방자치회립 초등학교 졸업 후 콘스탄티노보에서 30킬로미터 떨어진 스파스–콜레티키 마을의 기숙교회교원학교에 입학시키기로 결정함. 열여섯 살에 기숙교회교원학교를 졸업하고 나서 모스크바 교육대학에 입학하였으나 학교를 다니지 않음.

1912년 (17세) 16세부터 17세까지 기숙교회교원학교 졸업 후 마을 에서 지냄. 예세닌은 아홉 살에 시를 쓰기를 시작하기는 했 지만 그는 16~17살에 의식적인 창작을 한 것으로 말하고 있 음. 공부하는 동안 쓴 30편 이상의 시를 랴자니에서 발표해 보려고 수고집《병에 걸린 생각》편집. 맨 처음 그의 창작에 영향을 준 것은 러시아 농촌의 속요(챠스트쉬카)와 교회 슬 라브어의 탄탄한 통효였음. 그리고 예세닌이 자전 가운데에 서 자기의 스승 중의 한 사람이라고 언급하고 있는 황제와 지주들에게 대한 반항자로서 민중의 기억 속에 남아 있던 콘 스탄티노보 마을의 이웃 마을 쿠지민스코예 마을에 살고 있 던 이반 클레메노프의 지도하에 나머지는 독학했으며 그로 하여금 예세닌은 새로운 문학의 지식을 얻었음. 고전시인들 중 예세닌이 가장 마뜩해했던 것은 레르몬토프, 콜리쏘프였 었으나 뒤에 푸쉬킨으로 옮아갔음. 가을, 예세닌은 모스크바 에 와 크르이로프네 가게 점원들의 공동숙사에서 아버지와 함께 삶. 아버지는 그를 사무소에 취직시켰으나 뜻에 맞지 않아 초심자인 예세닌은 퇴직. 이로 인하여 아버지와 다투기 까지 함. 일이 없이 남아 있던 예세닌은 얼마 뒤 다시 시골로 떠나지 않으면 안 되었음.

1913년 (18세) 3월 예세닌은 모스크바에 돌아와 I. D. 스이틴 인쇄소 에 교정조수로 들어감. A. 루나차르스키는 "예세닌은 농촌에 서 농민으로서가 아니라 얼마큼 농촌인텔리로 왔다."라고 말 하고 있었음. 노동자·농민층 출신의 신진 작가, 시인들의 집

단인 농민시인 I. 수리코프 명칭 문학·음악 서클에 참가. 청강자가 무료로 청강할 수 있는 진보적인 교수가 강의한 러시아에서 최초의 〈문화대학〉인 미우스카야 광장의 쉬아냐프스키 인민대학 강의 청강함. 1년 5개월의 체재 뒤 물질적 사정으로 도로 시골로 떠나야 했음. 1910~1913년 사이에 60편 이상의 서정시, 서사시를 씀. 이 시기에 지어진 시집『초혼제』 중의 몇 편을 페테르부르크의 이런저런 여러 잡지에 부쳤으나 발표되지 않으며 답장도 받지 못함.

1914년 (19세) 모스크바에서 독자를 많이 가지지 않은 잡지들에 시를 발표하기 시작하였으나, 정평이 있는 모스크바 잡지들은 예세닌을 시인으로 인정하지 않음. 예세닌, 수도 페트로그라드(페테르부르크의 옛이름)에서 성공을 시험하기로 마음 먹음. 성공하지 못할 경우에는 그의 삼촌이 일하고 있던 레벨리의 공장에 노동자로 들어가기로 생각하고 레벨리로 가는 도중 페트로그라드에 감.

1915년 (20세) 3월 예세닌, 페트로그라드에 와 맨 처음에 찾아간 사람은 비록 요설적이기는 할지라도 신선하고 순수하고 성향이 풍부한 재능이 있는 농민 천재시인의 시를 높이 평가 하며 그를 도왔고 작가들이며 출판업자들에게 소개한 A. 블로크였음. 그를 통하여 고로데쓰키, 클류예프와 알음알이가 됨. 클류예프에게 부친 편지에서 '제 시는 페트로그라드에서 성공했습니다. 60편 중에서 51편이 받아들여졌습니다.'하고 씀. 농민시인그룹인 〈아름다움〉에 가입. 예세닌은 유명해지고 여러 시의 밤이며 문학살롱에 초대받아 뱌체슬라프 이바노프, 기피우스, 메레쥐코프스키, 벨르이 등과 접촉. 고리키는 로맹 롤랑에게 쓴 편지에서 "도시는 그를 마치 대식가가 정월에 물오이를 만난 것처럼 감탄하여 맞았습니다." 하고 썼음. 봄에 『러시아 사상』 『모든 사람을 위한 삶』 『월간 잡지』 『북방기록』지 등등에 시를 게재. 가을에 클류예프, 출판업자 M. V. 아베리야노프를 찾아 줌. 몇 달 지나 첫 시집 『초혼제』 나옴.

1916년 (21세) 연초에 주기注記를 단 처녀 시집 『초혼제』 출간됨. 병역에 징집되어 위생병으로 복무. 황후의 부관인 육군대령 로만의 어떤 비호로 많은 특전이 주어짐. 싸르스코예 셀로에서 근무. 로만의 청으로 한 번 황후에게 시를 낭독, 시 낭독 뒤 황후가 시는 아름다운데 너무 슬프다고 말하자 예세닌은 러시아 전체가 그러하다고 답함. 황제를 찬양하는 시를 쓰기를 거절했대서 최전선의 징벌대대에 있게 됨.

1917년 (22세) 2월 혁명 때 켈렌스키 군에서 무단으로 이탈, 탈주병으로 지내면서 에세르(사회혁명당원)들과 일하다가 농민적으로 편향되게 10월 혁명을 받아들이고 당 분열 때 에세르의 좌파 시인으로 그들의 전투대에 참가. Z. N. 라이흐와 최초의 결혼. 1914년~1917년의 예세닌의 창작은 복잡하고 모순된 것으로 나타나 있으며, 이 시기의 작품에는 우주와 인간의 시적 개념이 제시되어 있음. 그 모든 속성을 가지고 있는 초가집이 예세닌의 우주의 근본임. 2월, 특히 10월 혁명은 철저하게 예세닌의 예술세계를 바꿈으로써 그의 재능을 드러나게 했음. 그는 "혁명이 아니다, 나는 어쩌면 아무에게도 필요하지 않는 종교적 상징성이 말라 죽어버렸을는지도 모른다."라고 쓰고 있음. 10월 혁명은 무엇보다도 먼저 새롭게 자기 해방의 위대한 공적을 세운 피를 나눈 인민에게 사랑을 충만 시킬 것을 호소함으로써 예세닌의 애국적인 테마를 울리게 하기 시작 하였음. 혁명의 초기를 동정적으로, 그러나 의식적으로이기보다는 더 자연발생적으로 맞았음. 페트로그라드에 머문 초기에 블로크, 이바노프−라줌니크, 나중에는 안드레이 벨르이와 자주 만나게 되었음.

1918년 (23세) 소비에트 정권과 함께 페트로그라드에서 모스크바로 옮아 옴. 모스크바에서 이마쥐니스트들인 마리엔고프, 쉬르쉬네비치, 이브네프와 만남. "상상력 실현의 성숙한 요구가 우리들을 이마쥐니스트 선언의 필요에 밀어 붙였다." (「자전」 1923년) 〈프롤레트쿨리트(프롤레타리아 문화)〉와 친해짐. M. 게라시모프, S. 클르이치코프, N. 파블로비치와 공저로 시나리오 『아침 놀을 부르고 있는 사람들』 집필. 출판사 〈모스크바 언어 예술가 노동협동조합〉설립. 이혼. 이혼 뒤 방랑 생활 시작. 1918~1921년 기간에 투르게스탄, 키르기즈 평원, 카프카즈, 페르시아, 크리임, 우크라이나, 베사리비야, 오렌부르그 평원, 무르만스크 연안지대, 아르한겔리스크, 솔로브키 등 러시아의 동서남북을 방황.

1919년 (24세) 예세닌, 러시아 공산당 입당을 시도하였으나 성공하지 못함. 예세닌, 이마쥐니스트 시인들의 그룹에 합류, 조직의 면에서 이 그룹은 이 시기의 데카당스적 성격, 혁명 전의 과거의 잔재의 많은 조그만 문학연합의 하나임. 이마쥐니스트들은 자기선전의 수단을 얻기 위하여 책가게이며 카페인 〈페가수스의 마구간〉 등을 열기도 했으며 예세닌도 그 출자자의 한 사람이 됨. 이러한 것은 이마쥐니스트들과 예세닌의 밀접한 결속을 형성하였음. 쿠시코프, 마리엔고프, 쉐르쉐네비치 등과 함께 〈아마쥐니즘 선언〉을 발표. "내 생애의 가장 좋은 시기는 1919년. 그때 우리들은 방의 추위 영하 5도 속에서 겨울을 났다. 장작 한 개비도 없었다. 러시아 공산당에 적을 둔 적은 결코 없었다. 그것은 나 자신을 훨씬 더 좌파적이라고 느끼고 있었기 때문이었다. 내가 좋아하는 작가는 고골리이다…… 러시아에 종이가 없었을 때 나는 쿠시코프, 마리엔고프 등과 함께 우리들의 시를 스트라스느이 수도원의 벽에 새겨 발표하거나 아예 그저 아무데나 가두에서 낭독하곤 했다. 우리들의 시의 가장 훌륭한 숭배자들은 매음부들과 강도들이었다. 우리들 모두는 그들과 아주 사이가 좋았다. 공산주의자들이 우리들을 싫어하는 것은 오해에 의한 것이다."(「자전」 1922년 5월 14일 베를린에서 집필).

1920년 (25세) 20년대 초 예세닌은 혁명 후 세계의 새로운 통일, 새로운 기초 위에서의 사람들의 사회적 평등을 창조하고 새로운 조화가 잡힌 인간이 합체될 이차적인 노동에 의하여 인간화된 새로운 자연의 창조과정을 빠르게 하고 있다고 이해하기 시작함. 예세닌, 시론 『마리아의 샘』(1918년 집필) 발표. 러시아 포클로어에의 접근, 특히 A. 아파나시예프에게 친근 감을 나타냄. 그리하여 러시아의 박학한 포클로리스트 A. 아 파나시예프의 저명한 저작 『슬라브인들의 시적 자연관(전3 권)』을 통독하기도 하였음. 예세닌은 민중적이고 전형적인 러시아 시의 전통 속에서 자라 민중시, 그 다음이 푸쉬킨, 고 골리, 콜리쏘프, 일부는 블로크가 예세닌의 스승이었음.

1921년 (26세) 이마쥐니즘은 형식주의적 유파로 예세닌은 이마쥐니 즘의 동료들과 함께 그것을 확립하고자 하였으나, 시인의 사 상적 이론적 창조적 태도에 관한 한 애초부터 예세닌은 쉐르 쉐네비치니 하는 자기의 이마쥐니즘 동료들과는 완전히 멀 리 떨어져 있었음. 그리하여 예세닌은 차츰 이마쥐니스트들 과 사상적 개인적인 결렬로 다가가 이마쥐니스트 회의 해체 에 대한 선언을 발표. 예세닌은 이마쥐니스트 그룹의 동료들 에게 직접 대놓고 자기의 논문 「생활양식과 예술」(1921)에서 "내 동료들에게는 예술은 오직 예술로서만 존재하고 있는 것 으로 여겨지고 있다. 온갖 생활의 영향, 생활 양식을 벗어나 서…… 내 동료들은 말의 형태의 시각적이며 비유적인 것에 열중했으며 그들에게는 말과 형상 그것이 전부인 것처럼 여 겨지고 있다. 그러나 내 동료들은 나에게 내가 만일 그들에 게 예술에의 그러한 접근은 너무나 진지하지 않은 것이다라 고 말할 것 같으면 무슨 소리야 라고……" 하고 씀으로써 이 마쥐니즘을 비판. 예세닌은 예술의 생활과의 깊은 연관을 알

고 있을 뿐만 아니라 심지어는 예술은 생활의 무기이다라고
까지 쓰고 있음. 그리고 다음과 같이 씀으로써 결별을 선언.
"나는 무엇보다도 가장 본능적인 것을 나타내기를 좋아한다.
나에게 있어서 예술은 무늬에 공을 들이는 것이 아니라 내가
나 자신을 표현하고자 하는 그 언어의 가장 필요한 말이다.
그래서 1919년에 창립된 이마쥐니즘의 풍조는 비록 러시아
시로 하여금 형식상으로는 다른 방향으로 지각의 방향을 바
꾸게 하였을지라도 그러나 그 대신 재능을 자부할 권리 또한
그 누구에게도 주지 않았다. 지금 나는 온갖 유파를 부정한
다. 시인은 일정한 그 어떤 유파에 따를 수 없다. 그것은 그
의 손발을 묶어놓고 있다. 다만 자유로운 예술가만이 자유로
운 말을 낳을 수 있다." (「자전」 1924년 6월 20일) 자기의 벗
인 화가 G. 야쿨로프네의 한 야회에서 이 해에 러시아 소비
에트에 들어와 모스크바에서 무용학교를 개설한 미국의 유
명한 근대파 무용의 창시자의 한 사람인 여류 무용가 이사도
라 던컨(1878~1927)과 알음알이가 되어 예세닌은 그녀와
결혼.

1922년 (27세) 5월, 예세닌, 던컨과 함께 외국 여행. 독일, 프랑스,
이탈리아, 벨기에를 거쳐 미국으로 감. 미국에는 10월부터
이듬해 2월까지 넉 달 동안 체류. 베를린에서 M. 고리키가
예세닌에게 읽어달라고 말하며 자기의 견해로는 예세닌이
러시아 문학에서 짐승들에게 대하여 그처럼 잘, 그리고 그처
럼 진실한 사랑으로써 쓴 최초의 시인이라고 말함. 예세닌

은 어떤 짐승이나 다 사랑한다고 말하고 「개의 노래」를 읽어 내려갔으며 마지막 절을 읽었을 때 그의 두 눈에서는 눈물이 핑 돌았다. M. 고리키도 울었고 세르게이 예세닌은 인간이라기보다는 시를 위하여, 들판의 한없이 많은 슬픔, 세상의 목숨을 가진 모든 것에 대한 사랑, 다른 어떤 것보다도 가장 인간에게 의하여 얻어진 자비의 표현을 위하여 특별히 자연에 의하여 창조된 도구이다라고 칭찬함.

1923년 (28세) 8월, 예세닌은 마침내 억누를 수 없는 창작의 욕구, 조국의 필요, 러시아의 필요가 외국에서의 오랜 호텔의 보헤미안적 생활, 던컨에 대한 사랑 그 자체와 갈등을 일으킨 끝에 모든 것을 단절하고 파리에서 모스크바로 돌아옴. 아니, 돌아온 것이 아니라 도망쳤음. 그의 뒤를 따라 던컨도 돌아옴. 예세닌은 외국을 받아들이지 않았음. V. 마야코프스키도 예세닌은 새로운 것에 대한 갈망을 가지고 외국에서 돌아왔다하고 언급하고 있다. 예세닌, 당시 『이즈베스티야』지에 이제 많은 것을 달리 보고 있다고 썼음. "그럭저럭 식어버린 우리들의 유목생활이 나는 마뜩하지 않다. 나는 문명이 마뜩하다. 그러나 나는 미국을 아주 싫어한다. 미국 그것은 그 악취이다. 거기에서는 예술뿐만 아니라 대체로 인류의 최량의 충동도 파멸하고 만다." (「자전」 1924년 6월 26일) 그가 외국에 머물러 있는 동안 러시아에서는 문학은 각양각색의 유파, 그룹의 싸움이 들끓고 있었음. 예세닌은 이마쥐니스트들과도 농민작가그룹과도 고별. 그는 월간지 『붉은 처녀지』에 글을 발표하고 있었던 문인들, 주로 무당파이지만 소비에트 정권을 지지하는 '동반작가'들의 진영을 좋아함. 예세닌, Vs. 이바노프, L. 레오노프, Yu. 레베딘스키 등, 그리고 동시에 당황동가들, 저널리스트들인 P. 챠긴, A. 베르지니, 『프라브다』지의 기고가인 여류작가 S. 비노그라드스카야, Ct. 우스티노프 등등과 우호적인 상호관계를 시작함.

1924년 (29세) 예세닌, 더욱 더 자주 현대의 테마에 손을 대며 혁명적인 러시아를 묘사한 정경을 씀 (「러시아 소비에트」 1924년, 「귀향」 1924년). 자기의 동년배들인 시인들–V. 마야코프스키, N. 티호노프, N. 폴레타예프, A. 쥐아로프, A. 베즈이멘스키–과 함께 예세닌, V. I. 레닌의 형상에 손을 댐. 예세닌, 이마쥐니즘이 자기를 연결시키려고 하는 협량한 그룹으로 결연히 탈출하고 소비에트 지방–하리코프, 타쉬켄트, 툴라, 레닌그라드, 그밖의 다른 도시를 많이 돌아다님. 우크라이나, 크르임, 티플리스, 바투네 등지에 오감. 1920년 가을에 알음알이가 되어 여러 해 동안 예세닌과 그의 창작·출판의 일을 도와주었던 G. A. 베니슬라프스카야(1897~1926) 등 많은 여성이 예세닌을 떨어지지 않음. 세계의 서사적 철학적 시 문학 중에서 뛰어난 시의 하나인 연작 「한 무뢰한의 고백」이 중심적인 부분을 이루고 있는 시집 『목로술집의 모스크바』가 레닌그라드에서 간행됨. 이것은 1923년에 작시한 것들을 싣고 있음. 외국에서 돌아온 뒤 알음알이가 된 카멘스키 극장의 여배우 아브구스타 미클라쉐프스카야에게

헌정됨.

1925년 (30세) 예세닌, 1924년 가을부터 1925년 8월에 세 차례의 그루지야와 아제르바이잔에 여행을 했을 때에 작시된 연작「페르시아 모티프」를 시집으로 묶어 "사랑과 우정을 가지고 표트르 이바노비치 챠긴에게"라는 헌사와 함께 6월에 간행함. 페르시아와 타쥐크의 시의 위대한 대표자들인 사아디, 오마르 하이얌, 피르도우시 등에게 경도하여 작시. 최량의 시집으로 자임. 예술적인 점에 있어서도, 역사적 사유의 심오함으로도 가장 원숙한 작품인 서사시「안나 스네기나」 발표. 서사시에 대한 주해에서 S. A. 톨스타야−예세니나는「안나 스네기나」는 현저히 자서전임을 강조함. 거기에는 혁명의 기분, 10월 혁명 뒤 지주의 토지 소유의 폐지로 이끌었던 농촌에서의 계급투쟁의 광경이 반영되었음. 한때 끊고 있었던 음주를 다시 하기 시작. 9월 톨스토이의 손녀 소피야 안드레예브나 톨스타야와 결혼. 11월 입원.『신세계』지의 원고 청탁을 받고 1923년에 구상하여 2년 이상 작업한 서사시「사악한 인간」을 11월 12일과 13일의 이틀 저녁에 씀. 이것은 시인의 독특한 진혼곡으로 비극적으로 성심성의를 다하여 우리들에게 자기의 시적 고백 가운데에서 자기의 넋을 어둡게 하고 자기의 심장을 흥분시킨 '사악한 것'에 대하여 알리고 있음. 12월 24일 모스크바에서 레닌그라드(페테르부르그의 소비에트 때의 명칭)로 가 〈안글레테르〉호텔에서 묵음. 12월 25, 26, 27일 벗들과 만남. 27일 아침에 유고「잘 있거라, 벗이여」를 호텔에 잉크가 없어 손을 베어 피로 메모첩에 쓰고 이내 찾아온 벗 V. 예를리흐에게 그것을 나중에 읽어 보라고 말하고 뜯어서 줌. 그리고 밤 여덟 시 재차 작별한 뒤 목매 죽음.

박형규

예세닌 서정시선

자작나무

초판 1쇄 | 2011년 11월 15일 (2,000부)

지은이 | 세르게이 예세닌
옮긴이 | 박형규
디자인 | 김진경
펴낸이 | 강완구
펴낸곳 | 도서출판 써네스트
출판등록 | 2005년 7월 13일 제313-2005-000149호
주 소 | 서울시 마포구 동교동 165-8 엘지팰리스 빌딩 925호
전 화 | 02-332-9384   **팩 스** | 0303-0006-9384
이메일 | sunestbooks@yahoo.co.kr
ISBN 978-89-91958-52-4 03890 값 10,000원

이 도서의 국립중앙도서관 출판사도서목록(CIP)은 e-CIP 홈페이지 (http://www.nl.go.kr/ecip)와
국가자료공동목록시스템(http://www.nl.go.kr/kolisnet)에서 이용하실 수 있습니다.
(CIP제어번호 : CIP2011004665)